西米 著

西湾

West Bay

经济日报出版社
THE ECONOMIC DAILY PRESS

图书在版编目（CIP）数据

西湾／西米著．--北京：经济日报出版社，2017.2

ISBN 978-7-5196-0098-3

Ⅰ．①西… Ⅱ．①西… Ⅲ．①长篇小说-中国-当代 Ⅳ．①I247.5

中国版本图书馆CIP数据核字（2017）第042109号

书　　名	西　湾
作　　者	西　米
责任编辑	王曼珩
封面设计	王左左
插　　图	浩　然
出版发行	经济日报出版社
社　　址	北京市西城区白纸坊东街2号（邮政编码：100054）
电　　话	010-63567683（编辑部）
	010-63588446　63567692（发行部）
网　　址	www.edpbook.com.cn
E-mail	edpbook@126.com
经　　销	全国新华书店
印　　刷	中国电影出版社印刷厂
开　　本	850×1168　1/32
印　　张	7.5
字　　数	130千字
版　　次	2017年4月第一版
印　　次	2017年4月第一次印刷
书　　号	ISBN 978-7-5196-0098-3
定　　价	39.00元

目　录

Contents

第一部分 / 001

（一） / 002

（二） / 007

第二部分 / 013

（一） / 014

（二） / 022

（三） / 031

（四） / 046

（五） / 054

第三部分 / 075

（一） / 076

（二） / 084

（三） / 092

（四） / 099

（五） / 107

（六） / 113

（七） / 120

（八） / 125

（九） / 132

（十） / 139

（十一） / 148
（十二） / 154
（十三） / 156
（十四） / 160
（十五） / 169
（十六） / 178
（十七） / 182
（十八） / 193
（十九） / 199
（二十） / 203
（二十一） / 209
（二十二） / 221
（二十三） / 228

插图
（一） / 093
（二） / 191
（三） / 210

后记
/ 232

你正在寻找的东西也在寻找你。 ——鲁米

What you seek is seeking you. ——Rumi

第一部分

或许，是他厌倦了这种生活，也厌倦了跟她不明不白，没有未来的关系，于是选择了离开。

（一）

孟一楠消失了，消失得无影无踪。这么大个人，好像化成一道烟，被奥克兰的海风吹没了。

周一清早，7点半已过，文西赶紧开始换衣服，并不时地望向自己的手机。孟一楠怎么还没来电话，她心里嘀咕着，好几次查看手机是否误按成了静音。住在对面房间的张敏也起来了，穿着睡衣，懒洋洋地倚着洗手间的门说：“今天早上怎么这么清静啊，早请示晚汇报的同学呢？”

“不知道是怎么回事。”文西皱了皱眉，她跑下楼梯趴在客厅外面的阳台边缘往下看，并没发现他的车。

真是奇怪，平时7点左右，文西床头的固定电话就会响起来，如同闹钟一样把她叫醒。孟一楠每天早上五点起床，开着他的跑车到市中心一家洋人开的咖啡厅打工，7点收工，打电话叫醒文西，然后来接她上学。孟一楠家里很有钱，一个人住在东区的高档公寓里，之所以住在那儿，是因为他对吃很挑剔，尤其喜欢吃广东菜，东区有很多香港人开的馆子。他每天在咖啡厅打工挣的钱还不够付市中心的停车费和油费，但他仍然坚持早起去打工，一个原因是为了证明自己吃得了苦，另一个原因是文西喜欢喝咖啡。他每天早上接文西的时候，总是带着一只精致的小保温瓶，“double flat white（译文：双份馥芮白咖啡），我自己做的。”

等到快8点，还是没来，打他的手机，关机了。文西8点半有课，只好步行去学校。她脑海中不停地回放最后一次跟孟一楠见面的录像——很正常啊，说他父母要来看他，但因他有课，所以父母可能先去南岛。难道他去南岛了？那也应该说一声啊。难道出什么事了？孟一楠这个人，不爱学习，但还算是挺乖的，不至于跟什么人结仇。难道被绑架了？他开跑车，下馆子，看上去是个有钱的公子哥，但在这里的小留学生比他炫富的多了，绑匪不至于盯上他吧，况且新西兰是个夜不闭户、路不拾遗的地方，怎么会发生这种恶性事件？坐在课堂里，文西不停地做着各种假设，各种排除。最后她几乎认定：他出走了。

她去过一次他住的公寓，那是有一回晚上一起出去参加朋友的生日party（译文：派对），午夜才结束。她不想打扰张敏，加上那个party也在东区，所以就去孟一楠那儿借宿了一晚。夜里，两人和衣躺在一张大床上，纹丝都不敢动，结果都没怎么睡着。天刚亮，他就送她回家了。所以文西自己根本找不到孟一楠的住处。

从第一次见孟一楠到他失踪，文西仿佛侦探般，把两人相处的点点滴滴反复回忆，试图找到一些线索。她和孟一楠是在基督城的教堂里认识的。那时文西刚到新西兰，在基督城的一所语言学院学习，住在homestay（译文：寄宿家庭）里。Homestay的女主人Eunice每周日带着文西去做礼拜。孟一楠的homestay女主人Alison也去同一家教堂。Eunice和Alison是朋友，于是各自介绍了自己家庭的新成员。本来大家是说英语的，孟一楠磕磕绊绊地说了几句，就把文西拽了出来。

"咱们还是说中文吧，我叫孟一楠，你中文名叫啥？"

"我叫文西。来这里不就是为了学英文嘛，老师说要忘掉中文。"

"我都快被逼疯了。在语言学院里老师听见说中文要骂，在家里，又成天对着鬼佬。"

"都一样啊，习惯就好了吧。"

孟一楠问文西要电话，文西说自己没有手机。

过了约一周，文西给家里写信的时候，孟一楠打电话到Eunice家，估计是从Alison那儿要到的电话。

"嗨嗨，文西，明早上我们一起去上学吧。"

"啊？我每天是走路上学的，要走一个小时呢。"

"我也想走路上学。"

"你真想走的话，明天7点在教堂对面的路口集合吧。”

“好啊，明天见。”

就这样二人同行了两天，沿着美丽的艾芬河，边走边聊，原本要走一个小时的路途快了不少。河边的路有些坡度，孟一楠一米八的个子，在下面走；文西一米六出头，在上面走；两人并行，从远处看孟一楠跟文西一边高。他毕竟腿长走得快，文西跟着他就像急行军，有时候过马路，看到绿灯闪烁快要变红灯，孟一楠一把抓住文西的手拼命跑。虽然路上时间缩短了，但文西没办法像以前那样边走边听新闻，耽误了练习听力；上课的时候也会分心想一些路上和孟一楠的对话。于是第三天，她跟孟一楠说不要一起走路了。孟一楠问得原因后说：“你就在前面走继续听新闻呗，我在你后面走。”文西坚持不肯，甚至急得快哭了。她扎着高高的马尾，有几缕头发散落下来，在额头上打了个弯，恰好形成了好看的弧度；眉头微皱，大眼睛里含着倔强又无辜的泪水，两颊憋得通红，双唇紧闭，下巴微微翘起。孟一楠看着她，不知道如何安抚或者道歉。第四天，他没来。

两个月后，文西以优异的成绩被奥克兰大学录取。她组织语言学院的几个朋友，还有孟一楠一起自驾游。这一路，去Hammer spring泡温泉，去Kaikoura看鲸鱼，去Akaroa吃法国菜，虽然只是走马观花，但那些美景令他们无比震撼。“以后，我一定要跟自己的爱人来这里好好游历一番”。不到20岁的文西，带着对未来无限的幻想和憧憬，搬去了奥克兰。几个月后，孟一楠也去了这座城市，成了她的同学。

现在想来，孟一楠似乎是有意追求自己，要不他干吗一直跟着她。但他从来没表白过，哪怕是暗示。而文西，从一开始就表明态度自己是不会在新西兰谈恋爱的，“毕业后我就会离开这里，去英国，或者，回中国”，因此两人根本也不是男女朋友关系。但他还是每天来接她上学，晚上陪她在实验室做作业，周末等她打完工，带她去吃饭，都无聊的时候，一起去Sky city（译文：天空城赌场）玩10块钱轮盘赌，输光了就去赌场中心的小舞池跳一支恰恰，赢了就在吧台买吃的把钱花掉。“赢的钱不能带出赌场，不然会遭厄运。”不知道他从哪里听来的这个说法。大多数时候，他们也就赢十块八块，正好够买两瓶啤酒或两块蛋糕。前不久，他们用十块钱筹码压轮盘竟然赢了30倍。二人逛了三四圈，实在没什么可买的，就说好下次用这些钱再来玩一把。

或许，是他厌倦了这种生活，也厌倦了跟她不明不白，没有未来的关系，于是选择了离开。“所以，只有等了。等有一天他从什么地方蹦出来。”文西对自己说。可是，直到她毕业离开新西兰，孟一楠都再没出现过。

（二）

孟一楠走了以后，文西的生活好像没什么变化。周一到周五课业很满，周末两天都在华人超市做收银员。两天工作时间加起来共十五小时，文西除了吃午饭都得站着，顾客不多的时候她还要帮助上货和盘点。这份工作收入虽然不高，但比在餐馆端盘子洗碗还是要强一些，足够支付她公寓的租金。文西在超市通道盘点货物的时候，有时会突然转身看一下。以前，孟一楠经常悄悄溜到她身后，伸出一只手指，戳她的后腰，把她惊得跳起来，然后用嬉皮笑脸回应文西的一脸愤怒。而现在令她失望的是，身后再也没有孟一楠。这个时候，她在想，他到底去了哪里。

除了孟一楠，文西在奥克兰几乎天天碰面的是贾宁。贾宁也是从北京来的，选的课几乎和文西一模一样。两人从脸熟到见面打招呼，再到互相帮忙占座位，一点点熟稔起来。贾宁个头跟文西差不多，齐耳短发，很漂亮的瓜子脸，皮肤稍有些黑。她平时看上去很闷，其实是个神经有些大条的女生。她最爱的食物是麦当劳，“吃麦当劳就是我出国的目的”，“我天天吃麦当劳都不腻”。此言不虚，她每天从早饭就去麦记解决，手里积攒了无数麦记优惠券。放暑假的时候，她和文西经常去市中心的Imax看电影，之后当然又少不了一顿麦当劳大餐。

“文西，你觉得咱们Finance（译文：金融学）的tutor（译文：助教）David怎么样？”贾宁挑了一根超长的薯条，蘸了些番茄酱，放进嘴里。

“Finance的tutor？你说那个韩国人？”文西拨开汉堡的包装纸。

“人家是中韩混血啦。你觉得他帅不帅？”

“一般吧，我不喜欢肤色黑的男生。”

“反正我也黑嘛，哈哈。我觉得他特有魅力。”

“哦？我倒没感觉到，你说说看，怎么个有魅力法？”

“有才华。混血儿就是聪明啊，每次上他的tutorial（译文：辅导课），我都被他的口才和风度迷倒。”

“怪不得你上Finance的tutorial这么积极呢，追着他问问题，我估计这门考试你准能得A+。”

“有帅哥就有学习动力啊，这学期争取拿A。我要争取做Finance的Honors（译文：荣誉学士），做他的学妹，这样就可以天天去骚扰他。”

“他应该有女朋友吧。”文西继续吃汉堡。

“好像有，是个洋人，我有次在校园里见过。”

“那你还这么喜欢他，又没希望。”

“他这样优秀的男人，我配不上啦。我希望他能找个和他一样优秀的女人。”

“你境界还挺高。”

“爱不一定要占有啊，如果能跟他做朋友就很好了。对了，孟一楠还是没有消息么？”

“没有。估计躲在某处逍遥吧。”

“他怎么就这么disappear（译文：消失）了呢，是不是你对他做了什么啊？我觉得他对你算是很不错了，你还想找什么样的？”

“现阶段我还不想谈恋爱呢。”

“话说回来我们也不小了呢。”

那学期结束，贾宁的Finance果然得了A，这让文西着实刮目相看。从大一到大三，这是她得的第一个A，看来单相思真的能提高学习成绩。大三下学期，同学们开始准备找工作，一些全球顶尖的金融机构和咨询公司纷纷举办针对毕业生的宣讲会。贾宁和文西，一个想去澳大利亚，一个想去英国，对找工作并不是太热衷，但因为贾宁的偶像要参加宣讲会，她基本每场不落，有时也拉着文西去凑热闹。

“人家是来找工作的，只有你是来看偶像的。”在一个投行的宣讲会上，文西拿起一杯橙汁，对贾宁说。

“最新情报，富盛、麦锡和波士咨询都给他offer（译文：录取通知书）了，厉害吧，他真是天才！”

“那他打算去哪家？”

“他说富盛挣得应该是最多的，但特别累。他可能最后根据薪酬待遇决定。”

“学金融的人都是财迷，哈哈。”

这天晚上文西刚回到家，正准备早点睡，电话铃声急促地响起来，里面是贾宁紧张的声音：“文西，David好像生病了。”

“你怎么知道？这周有四大会计师事务所的宣讲会，他没参加吗？”

“都没去。我觉得很不对劲，即使是一般感冒发烧，他也会参加的啊。我去教研室找他问问题，听说他请了长期病假。”

“啊？这有点蹊跷，不是都拿了好几个offer嘛，怎么突然请长期病假呢？”

过了一周，消息传来，David罹患了急性白血病，已被医院收治，正在等待骨髓造血干细胞配型。学生会在学生中心的布告栏贴了倡议书，号召大家帮助配型，特别是华裔和韩裔的留学生们。

“只需6毫升血液，即可检验出自己的HLA，录入骨髓库进行配型。”

贾宁、文西还有另外5名学生志愿者进行了检验和登记，但均未接到进一步配型的通知。David由于一直没等到相合的干细胞，转而用脐带血进行治疗，脐带血治疗效果比骨髓要差很多。后来有人说他回韩国进行治疗，也有人说他去了澳大利亚。

David得病这件事，让文西和贾宁扼腕叹息，唏嘘不已。一颗金融界的新星，眼看就要升起，却因病黯然陨落。对于留学生来说，优秀的成绩与体面的工作固然是出国的目的和父母的期望，但没有什么比生命更重要了。如果连好好活着都做不到，一切都是枉然。从此，文西开始注意自己的饮食起居和日常锻炼，不敢再频繁地暴饮暴食。她也决定回国一趟看望父母。

这是她出国后第一次回国，爸爸妈妈都到机场去接她，像迎接凯旋的奥运健儿。文西回国一个月，每天吃吃喝喝，看看国内肥皂剧，跟同学唱唱卡拉OK，时间一晃就过去。等她再回到奥克兰，打开实验室电脑，发现好几封从骨髓库发来的邮件，才想起来当时是用学校邮箱注册的。邮件说有一位在新西兰的病人，与文西的HLA完全吻合，希望她同意捐献骨髓。按照国际惯例，骨髓库没有透露患者的身份，只说是一名华裔男性。第一封来自骨髓库的邮件是文西离开奥克兰后一周左右发出的，由于未得到回复，又相继发送了三封。最后一封邮件说，该患者能够等待骨髓配型的期限已经临近，如果文西三天内再不回复，将实施脐带血干细胞治疗方案，但脐带血中含的造血干细胞远远不及骨髓，因此患者将经历更漫长、更痛苦的治疗过程。

文西飞快地看了一下日历，她来不及在Google上搜索抽取骨髓对身体的危害就回复了邮件，同意捐献。

第二天，文西就躺在了奥克兰医院血液中心的病房里，先进行全身体检，包括血压、体温、血常规、胸透、心电图、超声心动、尿检、腹部B超等，全部合格，就开始采集造血干细胞了。整个过程比文西想像的要复杂，先要在皮下注射细胞动员剂，才能采血。

采集时文西的血液缓缓流入细胞分离机，而后分离成造血干细胞悬液。手术过程约4个小时，文西捐献的220毫升造血干细胞悬液立刻被送往患者所在的医院。

“祝贺你重生，我异父异母的兄弟，祝你的人生从此安好。”文西躺在病床上，有些虚弱，默默祝福着，慢慢睡着了。等她醒来，她感到从未有过的成就感，帮助他人，即使是素昧平生的陌生人，是何等快乐的一件事。

第二部分

无论是幸福感还是痛感，无非都是由于当时大脑皮层受的刺激过于强烈，以至不能忘掉罢了，真的不必太在意。若干年后她不断地提醒自己说。

（一）

十二年后。

清州清湖集团私人会所里，一桌人正在开怀畅饮。

除了清湖的女掌门徐木兰和文西两位女士仅浅酌几杯，几位男士均已显出醉意，不过他们都有很好的酒风，并未强迫她们喝酒。

“徐董，您是我们的老客户了，HB当年多亏了你们这些大股东不离不弃，才能顺利在香港上市，我们特别感谢您的支持。”

“陈董秘啊，现在股价这么低，我们想卖也没法卖啊，真成了战略投资了。”徐木兰苦笑了一下，“不过HB也真不地道，还大股东呢，几个亿的授信都不给我们。”这位看起来温婉的江南女子说起话来毫不含糊。

“您也知道现在银行资产质量压力挺大的，对抵押品的要求确实比较高；您别着急，陈董秘回去做做工作，实在批不下来，我们EMC也有别的办法。”文西举起手中的玻璃杯，敬向徐木兰，两人杯中的酸梅汤经过轻轻地碰撞，涌起一小朵棕色的浪花。两人各自抿了一口。

“我们可以找其他银行跟您合作，授信不行也可以走非标，总之会有方法”，文西又说。

“嗯，好的。文总多费心。”

“应该的。”

身边的各位绅士们开始畅谈与工作无关的内容，兄弟情，父女情，夫妻情，都是酒桌上安全的话题，不仅能拉近彼此之间的关系，还能表明自己是个靠谱的人。总之，每个人似乎都很开心。徐木兰的私人会所安静、简约而大气，私厨菜品也让各位食客的味蕾得到充分的满足，从西班牙自家酒庄运来的红酒更为口腔增添了多层次的味道。

酒过三巡，已近午夜。文西本以为差不多该散了。谁知道徐木兰突然来了兴致，“文总，我有个哥们就住在这楼上，大麦金融新上任的副总裁，这人很有水平，叫他来一起坐坐吧。我听说他现在想在新西兰收购农场呢，你不是在那边读过书吗，说不定有的合作。”

文西已经眼神迷离，无心恋战。过了35岁，她的睡眠质量越来越差，稍有光亮和声音就会醒，因此她尽量减少熬夜。但说到与新西兰有关的项目，她又来了精神。全球资产荒，国内已经很难找到5%以上回报率的投资，很多人开始考虑在海外置产，前几年美元资产很受欢迎，但现在美元已涨了不少，加上美联储在加息的问题上一直不明朗，投资者对投资美国也有不少担忧；欧洲这几年就没消停过，一会儿是欧债危机，一会儿是难民潮，这不英国又闹脱欧，虽然资产便宜，但不确定性很大，所以人们将目光投向澳大利亚和新西兰。

貌似这位新晋副总裁不很积极赴约，众人又喝了一瓶红酒，还不见人影。徐木兰有点不高兴，给他打电话，听口气是这位老兄已经准备就寝，而徐董执意请他，并且让自己的助手上楼去接他过来。

徐木兰的会所位于清州市中心新开发的豪华楼盘内，这个楼盘刚开始预售，很多大佬就出手买了。据说已经涨到7万一平。在座的好几位，都在这个楼盘买了房。徐还不时给自己正在吴兴开发的另一个楼盘做营销：“100万可以买到两室一厅，投资潜力很好。”

走廊里传出了脚步声，估计是人到了。文西正准备起身跟客人打招呼，不经意瞄了一眼门口，看到一个记忆中的面孔，她下意识地整理了一下自己及肩的梨花头。她恍恍惚惚，怀疑自己喝多了，但目光始终没有从他的身上移开，当然余光还扫到了他旁边的女士。这个面孔越来越近，他也看到了文西，表情从不相信到确认到略显尴尬，直到徐木兰介绍：“曾恺，普林斯顿金融博士，现任大麦金融副总裁，负责集团投资业务，曾是富盛最年轻的MD（Managing Director，董事总经理），这是他太太，也是我的闺蜜。”

文西没有开口说话，曾恺说："好久不见啊。"

"是啊。"

"你们认识？"徐木兰有些惊讶地说。

"以前做项目开会见过曾总。"文西回应道。

曾恺跟大家打了招呼，坐在徐木兰的右边，曾太太坐在他的右边。文西坐在徐木兰的左边。

"你这怎么三请四催才过来啊，来点红酒不？"徐木兰侧身转向曾恺，拿起一瓶刚开的红酒要给他斟上。

曾恺忙用手虚掩住酒杯，"徐董，酒就算了，我本来打算睡觉了，最近身体不太好，看来要注意养生了。"

徐董倒也不勉强，"身体怎么不好了？怪不得方媛跟着你呢，帮你挡酒的吧，嘿嘿。"

曾恺喝了一口水，似笑非笑地转向文西问道，"文总这是专程来清州看望徐董吗？"

"是啊，曾总现在定居清州了？"

"没有，最近在这边，我是到处跑，居无定所，呵呵。"

"你可真是狡兔三窟。文西在EMC很多年，绝对是专业人才，曾总你们不是想去澳新做项目吗？"徐木兰插话道。

"嗯，我们最近认为新西兰可能是个方向。"曾恺说。

“文总在那儿读过书，对那边很熟悉，有不少人脉。”徐木兰说。

“曾总才是投资方面的专家，想听听您的高见。”文西听徐木兰一说应答道。

“也谈不上什么高见，我最近在香港见了几个朋友，他们都想移民新西兰呢。那里国家主权评级高，环境好，经济发展平稳健康，就业情况有所改善。目前全球越来越多的国家都进入了负利率时代，相比之下新西兰利率算不错的。”曾恺边说边喝了几口水。

“那曾总也想移民那里吗？”文西说着，脸上掠过一丝难以被察觉的冷笑，“有一天您要是想移民或买房子，我可以帮到您，在那边我还认识几个朋友。”

“文总这是要当人贩子的节奏啊，你最近有回去看看吗？”曾恺笑道。

“上个月休假去了一趟。”

“不错。”

……

徐木兰的司机送文西回到市中心的JW万豪已快凌晨1点，她简单冲了一下就躺在床上，试图尽快让睡意侵袭自己。睡前照例打开手机微信，跟荣皓说：“我回酒店了，打算睡了，晚安。”

估计他已经睡了，过了几秒，文西还是忍不住打了一行字："人生真是奇妙的旅程，你猜我刚才碰见谁了？"

他竟然回了："谁，我懒得费脑子猜了。"

"曾恺。"

"啊？怎么碰见的，你们打招呼了？"

"聚会快结束时他和他太太来了，打招呼了。"

"那你们说以前认识？"

"我说是以前开会见过的。"

"哦。"

过了一分钟。

荣皓发了一条："看来某人今晚又要失眠了"，接着是一个吐舌的表情。

"不会吧，我挺困的。"

"你看到他有什么感想？"

"对他我倒是没什么感觉，我看到他，想到的却是你。"

"呵呵。"

"我在想，会不会有一天，我们也以这样的方式见面，我见到你和你家人，然后彼此连正眼都不会看对方一眼。"

"行了，赶紧睡吧，明天什么时候回北京？"

"明早我去清灵寺转一下，下午回，睡了，Good night（译文：晚安）。"

“晚安。”

文西从化妆包中把自己睡觉的装备拿了出来：一个精致的小盒，里面是消音耳塞，还有棉质的粉色眼罩。关上灯，戴上耳塞和眼罩，但她还是很难入睡。她自己也不知道为什么，曾恺和他太太走进宴会厅时的样子在眼前飘来飘去，然后旁边是荣皓。曾恺留着今年男士最流行的“飞机头”，两鬓很薄，白色的发根愈加明显。他皮肤还算紧致，除了身材略微发福外，似乎没什么变化；他老婆的面孔很模糊，戴着眼镜，中长发扎了起来，肤白，五官端正但没什么特点，身材挺高大，个头仿佛跟曾恺差不多。他俩穿着类似情侣装的休闲T恤，军绿色的。

文西不停地回想自己刚才在他们面前的表现是否得体，是否显得有些居高临下和不屑一顾。反正，她的形象是美丽，她的姿态是成功。分手多年，事业经过停滞不前再次回到上升状态，身材和面容也没有太多衰老的迹象。她早就不爱曾恺了，特别是感情寄托在荣皓那里以后，虽然也有隐忧，却暂时稳定。但她还是哭了。一串串眼泪无声无息，急速而不间断地从眼角滑落下来，打在枕头上。

文西曾经无数次设想过与曾恺的重遇。因为她相信这世界很小，总会碰见。但她永远也没有猜到是以这样的方式。她设想过悲情式的，比如哭着抱住对方；愤恨式的，比如痛打对方耳光；淡定式的，比如假装没看见就当路人；生离死别式的，比如曾恺将死之时，文西去医院探望；最狠的，文西甚至想过到曾恺的墓地告别……人生奇妙之处，就在于你就算猜得出开始，也永远猜不到结局，生命里不时会有惊喜或惊吓。这次来清州本来就是老板临时派的任务，参加饭局也非计划之中的安排，她原本打算去看望几个亲戚的。谁知道徐木兰竟夜里11点还挖出曾恺来掺和，真是邪门。

文西感到一阵阵心痛，准确地说是当年让她心痛的所有记忆都被调动了出来。或许人都是一样，若干年后，记住的只是自己的感受而已。

无论怎样，毕竟是很久以前的事情了。在流了几通眼泪之后，文西不敌困意，睡着了。梦里既没有曾恺，也没有荣皓，却出现了她的老板，跟她说你今年业绩考核还是优，但升职还要再等……

在另一个空间里，荣皓也无法入睡了，他脑中又有另外一幅幻境。文西问他的话触动了他，如果真出现那样的场面，他们会如何表现呢？辗转间，他拿起手机，也写了一句“人生真是奇妙的旅程”发给文西，之后，关上手机，睡去。

（二）

门没锁，文西迫不及待地一把拧开，冲了进去，任由门在身后慢悠悠地自己撞上。荣皓原本在躺椅上休息，一只手枕在脑后，聚精会神地欣赏着肖邦的e小调钢琴协奏曲。这是他最喜欢的一张黑胶唱片。听见文西进来，他立马起身，笑盈盈地朝她走去，张开双臂看着她。

荣皓是地道的江浙人士，却是“南人北相”，干净利落的短寸露出好看的发际线，宽阔的额头下面浓眉大眼，一张棱角分明、坚毅俊朗的脸。文西眯起笑眼，嘴角微微上扬，故意换成小碎步一点点往前蹭，边蹭边左右摇摆着头和身体，像一只小企鹅似的，走到荣皓面前。他一把将她搂进怀里。她两只手紧紧环抱住他的腰，头埋进他胸口。荣皓并不算高，1米75左右，身材匀称。文西觉得跟自己挺合适，抱起来很舒服，还能看到他整张脸。他穿了一件纯棉的白色V字领短袖T恤，贴身而不紧绷。文西最喜欢他这副打扮，她说V领衬出他宽阔的肩膀，短袖能露出他坚实的臂膀。她尤其钟意看他穿白色T恤靠在床上看书的样子，活脱脱一位安安静静的大哥哥。那个时候，她就以迅雷不及掩耳之势从T恤的下摆钻进去，贴着他的身体往上爬，再从V领中钻出来。荣皓的白色T恤，不知道被她这样撑坏了多少件。

“这么快就到了，我还担心堵车呢。”荣皓吻着她耳边的头发。

“我坐地铁啊，比开车快多了，想着你近在咫尺我却堵在你窗外的国贸立交桥上，我的小心脏会从胸腔里跳出来的。”文西扬起头，吻着他下巴上的胡茬。

“小样儿，累不累？饿不饿？冷不冷？”

“有点冷，我来那个了，出来之前刚吃了一粒止疼药。”

“每次跟你说多穿点，你总是不听，你看我穿得都比你多。”荣皓轻轻松开文西，走到洗手间拿了一块大浴巾，展开，围在文西的腰际。文西顺从地原地转了一圈，让他用浴巾将自己紧紧包裹，从腰部一直到脚跟，像美人鱼的尾巴。

“不冷了吧。”荣皓从后面拥着文西，一只手安稳地放在她小腹上，另一只手轻轻拢了拢她的长发，两人慢慢移步到之前他休息的躺椅旁，坐下来。荣皓半躺下去，文西靠着他。“趴到我身上来。”荣皓温柔地说，接着他全躺下来，把文西小小的身体摞在他身上。她的胸贴着他的胸，肚子贴着他的肚子，腿贴着他的腿，脸贴着他的脖子。他耳垂和脖颈之间的凹处，正好能放进去她的鼻子。文西一只手向上伸，摸到荣皓的头顶，用手掌轻抚他的头发，另一只手从他腋下穿过，去环抱他粗壮的大臂。荣皓一动不动，闭着眼睛，静静等待文西在他身上调整到她最舒服的姿势：她柔软的发卷堆积在他脸上，甚至有发梢扎进了他的眼里、鼻里、嘴里；她最喜欢张开大脚趾和二脚趾，用力夹住他的脚背。文西觉得这样夹着他，就像高中上物理实验课测试电流时用小夹子固定“用电器”似的。两个人用脚趾固定住，爱的电流就可以畅通无阻了。

文西摆好位置后就乖乖地不再动弹，荣皓想让她睡一会儿，像拍婴儿似的轻拍她的后背，两人的呼吸都慢下来，均匀而稳定，然而这样的气氛只维持了3~5分钟，就被文西打破。她将埋在他脖颈窝的嘴撅起来，用温热的嘴唇摩擦他的脖子，边吻边在他耳边问：“想我没？”

荣皓咯咯地笑起来，仍然闭着眼睛，就是不说话。文西像小鸟吃虫似的啄他的脖子、脸颊、鼻尖、耳朵。荣皓用那只拍她的手轻轻把她的头扳过来，吻住她的唇，这下她才安静下来。

这是每次两人见面的必修课，乐此不疲。荣皓每次都说，这样抱着真好。

“肚子疼吗？”

“你抱着就不疼，只是好热，可能是吃的药起作用了。”

“是，我觉得你浑身都在冒热气，尤其肚子这个地方，好像藏了个小火球。”

“哪有这么夸张，你这个坏人。”说着又去吻他。

“嘿，老这么腻着你会不会烦啊？”他问她。

“我就腻着，就要腻着你。”文西撒娇道。

“我这人还就不怕腻。”荣皓笑起来，眼睛也眯成了一道月牙。文西看着他，觉得他越来越像自己，难道真的是亲得太多了，就越长越像吗？

荣皓一只手从脚下把毛毯拉上来，盖在文西背上，两人就这么温暖地摞着。

“清州之行怎么样，人生完整了？”荣皓看了一眼文西，有关切，也有些怪怪的醋意。

“HB股东那边，我这次和老陈去沟通得还行，让他们股东大会投票赞成发可转债这件事是没问题的，只是对于发债的时机他们有些顾虑，如果还是现在这样低迷的股价，可转债的定价会是个难题。到时候发400亿这么大量，市场如果不买账，无论是你们HB还是我们承销商都会很难看的。”

“嗯，现在只能走一步看一步，市场的情况可不好说，说不准下半年就来一波行情呢。后来去清灵寺求什么了？”

“我啊，可虔诚了，见佛就拜。至于求什么，天机不可泄露哦，反正我替你也拜了。”

“谢谢哦，阿弥陀佛，保佑我们。”他接着幽幽地说，“那天晚上你睡得好吗？”

“不好，后来睡着了，但很浅。你呢，也没睡好吗？”

“我后来可睡不着了，想着你说的话。你这人，又哭了吗？”

“是，哭了。但我怎么觉得不是为曾恺哭，是为了你在哭啊，我很怕我们最后也会那样。”

“你这爱哭鬼！现在我算相信你说的，跟他分了以后哭了三个月，不是骗我的。”

“我从不骗人的。”

“我觉得咱俩不会成那样，因为咱俩不是一见钟情，嘿嘿。”

“也许吧，反正我早就感觉到你对我有意思，哼。那你到底是从什么时候开始喜欢我的？”

“2012年，我们发A股去深圳预路演，看电影的时候。”

“那次真是比拉练还苦，你们那队是从北京去上海、杭州、南京，之后转战深圳，我们队是珠海、广州，然后跟你们队会合，每天连早餐都安排了会，一天要讲七八场，到深圳的时候几乎瘫了。那儿的投资者还特别难对付，尽提些刁钻的问题。”

“所以你的东家安排了包场电影让大家放松一下嘛，看《战马》，你就坐在我旁边。”

“然后你就爱上我了？”

“我开始注意你，那会儿不熟嘛。VIP包房里黑乎乎的，我记得人家免费提供了各种高级饮料、零食，我在那里大嚼爆米花，你却不吃不喝的。”

“你知道我从不吃零食的，看电影也要认真啊，吃东西会分心的嘛。”

“我从没见过一个女孩子对零食有这样的抵御能力，记得我好几次劝你吃点，你都酷酷地拒绝了。我当时想，这个女孩一定是个特别自律的人，谁知道是这样的难缠……”

“我怎样，怎样难缠啊，不许说一半话。”文西假装生气，用手去捏荣皓的鼻子，被捏的荣皓憋了两秒，然后张开嘴，吐气、呼气，像条金鱼。

“我在国外读书的时候，零食吃伤了，后来就矫枉过正，只吃正餐，吃饱了对任何食物都不感兴趣了。”

“干吗吃那么多零食呢？”

“没东西吃啊，学习很忙，还要打工，没时间做饭，也不会做。那会儿早上起来，啃一个苹果，喝一杯咖啡就去上课了，中午一般能吃杯酸奶就不错了，到了晚上，饿得见什么吃什么。”

“哎，也是个可怜的娃。”

“后来发现这样对身体损伤很大，对肠胃特别不好。我还大病了一次，从此痛改前非，不吃零食。”

“佩服。但看电影吃爆米花多惬意啊，你这样不是少了很多乐趣嘛。”

“好吧，下次陪你吃两口。话说你还没说到底怎么看上我的呢。”文西得瑟着。

“看电影坐在你身边，感觉很不一样，想就一直那样看下去。”

“你是想没人跟你争爆米花吧。”文西心里受用着荣皓的话，却非要矫情地掩饰一下。“你就是觉得我特别自律，就喜欢我了啊，真是奇怪，没觉得我长得好看什么的吗？”她抬起头，肘部撑在他的肩膀，手托住小脑袋，歪着头把耳朵凑过去，期待着更多的甜言蜜语。

“我可不是以貌取人的。对了，我那次看你的侧面，觉得你的耳朵长得特别逗，像阿凡达。”荣皓睁开一直闭着的眼睛，认真地注视她，仿佛是确认一下耳朵的事情，忍不住笑，又躺下，闭眼。

“你的意思就是我长得怪异，才注意到我的？”文西是真的有点不高兴了，显然对他的回答非常不满意。“就不能说点好听的啊？”

“你长得当然很漂亮啊，但打动我的不是外貌，善良和智慧才是我看重的。你没听过一句话么，爱情始于颜值，陷于才华，忠于人品。那你呢，又喜欢我什么？”

“不知道，没有原因吧。我认为真正的爱情就是没有原因，没有条件。”

“也是哈，我又不帅，也没有你以前的男朋友有钱，说不定哪天你就把我踹了。”荣皓貌似真的担心起来了，“我是男人，比较现实，父母对儿女之爱能做到无条件，男女之间我可不太确定。”

“What's the difference between ‘I like you’ and ‘I love you’？ Buddha said: ‘when you like a flower, you just pluck it, but when you love a flower, you water it daily.’”（译文：“我喜欢你”和“我爱你”的区别是什么？佛说：“若你喜欢一朵花，你会采下它；若你爱一朵花，你则日日浇灌它。”）

“I water it daily.”（译文：我日日浇灌它。）

“那你还说对我不是爱。”文西心想着，你这呆子，死活不跟我说那三个字，都这么引导你了，真是被你气死。

“在往爱的路上走着。”

“这段路有多长呢？”

“我也不知道。”

文西坐起来，红了眼睛，眼泪在眼眶里打转，就要溢出来了。“为什么不知道，你总是这样，我很害怕，你会不会突然消失离开我？”

“妈呀，又来了，又来了，你可真是水做的。”荣皓立马跑到桌子前拿纸巾，给她擦眼泪。“我不会那样的，我还怕你消失了呢。”一看见眼泪，荣皓彻底慌了手脚，赶紧说软话，以免事态扩大。

“不知道你每次干吗都这样，本来挺高兴的，到头来都要被你整得哭一鼻子。”眼泪算是止住了，只是一抽一抽地擤鼻子。

“嗨，你说说你，又曲解我的意思了。我是说，我们一直走，只要不向后退，不拐弯，就是向前。”

文西不想再思考荣皓的话是否符合逻辑，是否是狡辩了。每一次，她都试图从与他的交谈中，体会、分辨他到底爱不爱自己，有多爱。她觉得累了。女人是听觉的动物，但甜言蜜语真的是爱吗？她想想过去几年和荣皓的点点滴滴，用心感受着毯子下面对方的气息和温度，觉得无论他说什么鬼话，自己都无法离开他。

既然这样，就不要离开吧，希望永远都不用离开。

（三）

文西的生日，约好了跟荣皓一起吃晚餐。丽兹一层的意大利菜，是帝都不多的米其林三星餐厅之一。早上文西颇为用心地打扮了一下。这一年，过得很快，自己又老了一岁，真不知道还有什么可庆祝的。不过，活着就要遵守活着的法则，生活需要不断给自己打气。看着镜子里优雅的妆容，虽然少了些胶原蛋白，但也多了几分成熟的秀美，文西的心情由阴转晴。祝福的短信纷至沓来。最早发来是荣皓，他写道：“我一定要比银行和基金公司还早，第一个祝宝宝永远美丽、开心。”爸妈也打来了电话，让文西回家吃饭。“我约了朋友，周末回去看你们，跟你们一起吃蛋糕哦。”文妈妈想追问是和谁吃晚饭，但被文爸爸劝住了。文西35岁还待字闺中，是全家的心病。“早知道还不如不去留学，如果在这里读完大学找工作，孩子估计都生了两个了。”这些话，他们当着文西是不敢说的，只要稍露出这样的情绪，女儿会很不高兴，就更什么消息都不透露给他们了。“谈恋爱像狗熊掰棒子，谈一个吹一个，不知道在干吗！”虽然焦急与不满，但老两口着实帮不上什么忙，托熟人介绍过，公园的相亲大会也去过，网上的婚恋网站也注册过，说句真心话，能配得上自己女儿的，真是没有。

和曾恺分手以后，文西慢慢学乖了，无论跟谁约会，都守口如瓶。亲戚朋友们问起来，她一律是四个字“还在努力”。平时她住在国贸附近的高档公寓里，上班、约会、娱乐、健身都在附近，活动半径不超过2公里。周末回父母家听听唠叨，急了跟他们争辩几句。父母老了，不能承受太多，加上她出国生活多年，观念上差距很大，文西再不敢像小时候那样把所有的心事向他们倾诉。

和相亲的对象相处时，她对过去的恋情都三缄其口，恨不得让对方觉得自己是个处女。相亲的时候，对方一般都会问：“文小姐这么优秀，怎么能单身呢，一定有不少感情经历吧。”文西立刻就读懂了对方的心思：“长得不错一把岁数还没找到对象的主儿，可能是以前受过巨大的感情挫折，要是这样，条件再好也不能考虑。”无论是出于对自己隐私的保护，还是出于对相亲对象的尊重，她通常是摆出一脸无辜：“早年在国外留学，回来以后就全部时间献给了工作，每周100小时，没有周末和假期，真没时间谈恋爱啊……”这理由非常有说服力，加上现在优秀的大龄女青年实在不少，对方一般不再追问。如果女方问男方这个问题，答案往往是“谈过一（两）个，性格不合适。”男人如果没谈过女朋友，一定会被视为“有缺陷”，谈过好几个又会被人视为“不正经”，所以说一（两）个最为得体。每每听到这样的回答，看着对方毫无表情的脸，文西心里想：这年头，谁没有过刻骨铭心的过去呢。面前这淡定小伙儿，指不定在多少个寂静的夜里蒙着被子号啕大哭呢。

人的一生究竟要隐藏多少秘密才能得以善终。

跟荣皓的相处却完全不符合上述规则。他是HB的财务总监，文西跟HB的IPO项目，从A股到H股，整整三年，从尽职调查、招股书撰写、预路演、路演、上市敲钟、绿鞋，折腾了几个来回，每周都要往HB跑几次，每次去都要到荣皓那里报个到，两人少不了一番讨论。不知道从何时起，荣皓就成了她的“垃圾桶”。她高兴不高兴，工作上和感情上的事儿，全灌给他，也不管他会不会“消化不良”。项目进行到最困难的阶段，是投行团队陪着拟上市公司管理层天南海北地找基石投资者。“你记不记得跟我去上海拜访基石投资者那次，高铁来回，你几乎全在说和曾恺的事，我差点被你折磨致死。”

“我没觉得你受折磨啊，你听得津津有味，而且你也说了很多你的秘密哦。”

“那是我实在没辙了，总不能尽让你说了吧。”

一来二去，两人成了最了解彼此底细的人。他俩也不懂为什么会在对方面前如此坦白，毫无秘密。她所有的暧昧男友、正式男友甚至一夜情他都能如数家珍；而他，出过几次轨，睡过几个小姐，解体的婚姻，女儿的病情，她也都了如指掌。

“我真的恨我自己，在知道你那么多事情以后，竟然还会爱上你。唉，我到底是什么人啊！”每当荣皓苦着脸纠结过去的时候，文西总有点莫名的得意。“我们这样知根知底，才最安全嘛。”实际上，荣皓的这个问题，文西也一直想不清楚，“我到底是什么人呢？”“爱情又是什么东西，从哪里来，到哪里去？”以前文西认定的爱情就是一见钟情，上天注定的缘分，没有瑕疵。而现在，她也不知道了。按说，文西和荣皓都有很好的异性缘，各自身边都不乏狂蜂浪蝶，又都有着“稍微复杂”的历史，可自从两人在一起以后，却从未怀疑过对方的忠诚，反而有着莫名的信任和安全感。

正沉浸在回忆里的文西，接到荣皓的电话：“宝宝，抱歉我今天不能陪你了。老师打电话来说我女儿犯病了，我得赶紧去把她领回家。”

“有没有搞错，我们不是说好了吗，你不是说都安排好了吗？”

“真的是突发情况。我现在也很烦，跟老师吵了一架，不知道他们怎么刺激到了我女儿。”

"这种事为什么总是你来解决？她妈妈呢，怎么不管？"

"唉，她，她一会儿也会过来……"

"岂有此理，那你拿我当什么？"

"别生气了，你知道的，我女儿只要一发病，就一定得同时看到我和她妈，不然就没法平静下来。"

"你最好想清楚怎么解决，我真的非常生气。"

"别生气，是我的错。早就给你准备了生日礼物，明天一定给你赔礼。"

"随便你吧，懒得理你。"文西挂了电话。

文西心中苦闷，除了他以前的家庭，荣皓在她心中几乎是完美的，大自己5岁，属相和星座都是最佳搭配，"双商"高，脾气好得不得了，能干又体贴。文西觉得自己对他有如兄如父般的依恋。荣皓对她的感情，她其实早就感受到了，即使那时她的心还在曾恺那里。

算了，难得清静。文西马上调整自己的心态。到了这个年纪，她真的不愿意陷在某种情绪里太久，特别是不好的情绪。她拨通了吴淼的分机。

"文大banker（译文：银行家）,您这会儿不是该跟荣大叔约会去吗？"吴淼的声音里夹杂着敲击电脑键盘的声音。

"被人放鸽子了呗。"文西自嘲道。

“什么？大叔敢放大banker的鸽子？休了他！”吴淼一副唯恐天下不乱的腔调。

“让给你咋样？”文西偷笑。

“您快饶了我吧。我活得自在，可不想给自己找累赘。说吧，是不是生日夜寂寞难耐，想起我这个备胎了？”

“求吴大律师安慰安慰我吧。”文西可怜兮兮地说。

吴淼提议去吃韩餐，说她满脑子都是炸鸡的脆香和啤酒的清凉。就这样，穿着Max Mara的套装，挎着LV漆皮包，脚蹬菲拉格慕的鱼嘴鞋，原本计划去米其林三星的文西一袭盛装走进了国贸后面一家门脸破旧的韩式炸鸡店。不一会儿，吴淼一阵风似的坐到了她的对面。吴淼的打扮风格与文西不同，干练、洒脱中带几分中性。在文西的几个要好的同性朋友当中，吴淼的身材是公认最为健美的。她个子高，比文西和梅思思都要丰满一些，加上飘逸的中长黑发，适合欧美范儿的造型。吴淼十分崇拜“穿PRADA的恶魔”，她偏爱PRADA，肩上背着的那只黑色杀手包是她的新宠。

两人各吃了半只鸡，又各灌了800毫升冰啤酒，都觉得有点饱了。吴淼擦擦手正要拿起手机，见一个帅气的男生推门进来。这男生皮肤很白，小平头，目测身高1.82~1.83米，眼睛不大却很亮，圆方形的脸很立体，肩膀又宽又平，一看就是经常健身，浑身充满活力。他背着双肩背包，进门以后四处寻找熟人，并没看见窝在角落里的文西和吴淼，接着很快发现了目标，径直走到靠里面的一桌，那桌立马传出女生的骚动。文西闻声看过去，两个女生正兴奋地跟他说着什么。男生望着她们，一脸自恋地笑。

吴淼轻声跟文西说，好像在什么地方见过他。文西顺着吴淼眼神的延长线望去：白白的面孔，自恋的笑容，闪亮的眼睛……对了，这不是上次party梅思思带来的男朋友嘛，好像叫Tony李。据说此人是清北大学本科保送本校研究生，还没毕业就被富盛纽约录取，一路做到VP（Vice President，副总裁），现在一家私募基金任并购投资经理，好几个著名的跨国并购案都经过他手。他怎么跑这里来了，那两个女生，看起来并不像是专业人士。文西拿起手机，拍了张照片。

吴淼说："梅思思这个傻丫头，看到照片估计就要冲过来了。我们不要打草惊蛇，还是先不发给她。"

文西的电话响了，竟然是曾恺。

"生日快乐！你回北京了？我在西雅图。"

"曾总有何贵干？"

"上次说新西兰的项目，你手上可有靠谱的标的？"

"农场、酒庄、屠宰场，总有一款适合您。"

“讲真的，有没有teaser（译文：投资概要），发给我看看。”

“前两个有现成的，我可以转发给你，屠宰场的正在做。”

“我这边事情明天就结束了，后天打算飞去新西兰考察，你当向导如何？”

“我手上有好几个项目没close（译文：完成）呢，恐怕没时间。”

“你那几个项目，富盛也在承销团里面，那么多家承销商，你们最后能分多少钱，估计连你们团队一年的工资都cover（译文：覆盖）不了吧。而且现在股价这样，一时半会IPO根本发不出去，现有的金融股都不到0.8倍PB，你们发1倍的能有人买吗，还不如跟我看几个并购项目，比在这里熬IPO有意思。我们今年有计划要在澳大利亚、新西兰那边开设分支机构。”

“我总要跟老板请示一下吧，一会儿先把teaser发给你。”

吴淼听出是曾恺的电话，使劲冲文西打手势，指着Tony李的方向，又指指文西的电话，张大了嘴做出夸张的唇语。文西仔细看，才明白她说的是“让他查查，富盛，Tony……”

“OK，要不要我跟凌理查说一声？”曾恺接着说。

“方便的话你就打声招呼吧，别到最后功劳又被别人抢了去。对了，跟你打听个人。”文西从吴淼那回过神，话锋一转。

“谁啊？”

“Tony李，富盛纽约的，听说做了5年到VP，本科研究生都是清北金融系的。”

“乍一听不认识，富盛global（译文：全球）有很多个分支机构，纽约office中国人很少。”

“没记错的话，比我小五岁。”

“五岁？晕！你不是喜欢大叔吗，什么时候改口味喜欢小鲜肉了？”

“不是我，一个姐们儿迷他迷得要死，你方便就给打听下吧，就算积德行善。”

“呵呵，那我试试吧。”

“曾恺说认识他吗？”看文西挂断了电话，吴淼问。

“不认识。”文西埋头滑动着黑莓找以前的邮件，转发给曾恺。

“你什么时候跟他又混到一起去了？”吴淼一边用余光瞟着Tony李，一边问。

“纯工作关系，不要多想，我跟他绝无可能。”文西头也不抬，还在看黑莓。

“那是你这么想。他未必不打你的主意。你要跟他出差，多留意点。可别被同一块石头绊倒两次啊。”

“您就放一百个心吧，我对他永远都不会再动心。”

这时只见那个Tony李站起身来，走到门外接了个电话。听不清内容，但不像是工作电话。他面露不悦地争辩着什么，过了几分钟，回到原来的座位，急匆匆地跟两个女生解释了几句，准备要走。吴淼和文西压低上半身，用头发尽可能挡住脸，在他后面出了门，看他打上了出租车，也叫了一辆，跟在后面。

出租车沿二环行驶，拐进一个小区。这个小区文西并不陌生，做金融的有不少都住在这里。看Tony李下车进了小区，两人也就分别打道回府。文西回到自己的公寓，一头窝进沙发。

曾恺发来微信：“Teaser看了，有一定兴趣。我订票了，回头把行程单发给你。”

文西未回。

荣皓发来微信：“女儿暂时安抚住了。她妈回去了。我很累，歇歇。你还好吗？吃了啥？”

文西回荣皓：“炸鸡啤酒。后天我可能要去趟新西兰。”

“这么急？你自己去？”荣皓问。

“有客户急茬看项目。”文西回道。

“那你早点睡吧。明天见，晚安。”

“晚安。”

文西像是在沙发里窝够了，起身进屋坐在梳妆台前，戴上发带，然后从瓶瓶罐罐中挑了一罐卸妆膏，拧开，将一团团白色的膏体抹在额头、鼻尖、两颊、下巴，盖紧瓶盖，两只手慢慢地在脸上画圆推开，这一团团白色物质在摩擦下，变成透明的油。文西继续画圆推满全脸，精细到连一个毛孔都不放过。她抽了张面巾纸，贴在脸上，过了两秒揭下来，面巾纸上布满油渍；又抽了一张，把脸上和手上多余的油擦干净。

文西慢悠悠地冲着澡，思索着吴淼和梅思思的情感世界。自己大学没读完就出国，跟国内的同学联系不多，回国工作之初认识的几个同事很快就成了好朋友。吴淼从耶鲁法学院学成归来，一直坚守在EMC的法律合规部。她和文西都有早年出国留学的经历，因此两人特别聊得来。十年过去，她们各自摸爬滚打到中层的职级，也携手跨进“大龄圣女”的行列。吴淼是个典型的单身贵族，挣的每一分钱都花在自己身上。这几年，她所有的假期都在做背包旅行，足迹几乎踏遍了整个地球。在文西眼里，吴淼是不需要男人的，所以有一次听说她也在相亲，着实吃了一惊。梅思思比文西小两岁，是做项目时认识的，当时她还在“四大”做审计师，后来经过文西的推荐，到EMC财务部做内审。她是个典型的乖乖女，从小到大没离开过北京，甚至没出过三环。但她憧憬着外面的世界，一心想工作几年出国读MBA。可能是从小父母管得太严，梅思思没谈过什么恋爱。那张缺少沧桑的脸很好地隐藏了她的真实年龄，所以追求她的都是比她小的男生。梅思思起初有些苦恼，但后来习惯了觉得也不错。

文西心想，人和人的口味还真是不同。她根本不能想像找一个比自己小3岁的男生做男朋友。荣皓是典型的70后，务实、处理感情相对内敛。她和荣皓交往，从来没听他说过什么“我爱你”“我想你”之类的话。有时文西嗔怪起来，逼急了，荣皓会严肃地说：“我觉得这些内心的感受，是不应该挂在嘴边的，说出来很肉麻。”可你看看现在80后的小男生，嘴像抹了蜜，让姐姐们欲罢不能。记得梅思思曾说：“跟比自己小的男人在一起，能体会到特别的生机和活力。”那些能把比自己小十岁八岁的男人迷得七荤八素的女人，一定非常有成就感。要是有个比我小那么多的帅哥狂追，我说不定也会动心。这个想法让文西脸上泛出一丝坏笑，荣皓要是知道了一准儿气得半死，她想。

裹着浴巾从浴室出来，香体露擦遍全身，靠在床头，文西整个人彻底放松下来。她的左手缓缓地抚摸着自己的左腿，从大腿根部滑到脚踝处，滑回来，再滑过去，回来，再过去。左腿的皮肤被擦得微热，香体露的花香跟体香融合成一种独特的味道。荣皓总说这个味道好闻。每次做爱以后他就是这样轻轻来回抚摸她的。如果他在就好了。夜已深，但文西舍不得去睡，她想多待一会儿，跟自己，跟幻境中的爱人。

吴淼回家后给梅思思发了条微信："刚才好像看见你男友了。他平时住哪里？我看见他进了鑫园小区。"

梅思思的电话立马打了进来，甜美的娃娃音中透着焦虑："你看到他进的哪个楼吗？他跟我说他鑫园的房子过给他前妻了，正在卖。"

"那他跟你说他现在住哪里？"

"他说借住在附近朋友的房子里。"

"他离过婚？有孩子吗？"

"说是在美国领的证，为了回国连绿卡都不要了，也离了婚，应该是没有孩子。"

"这么复杂？辛辛苦苦在美国熬到绿卡，说放弃就放弃可不是一般人能做到的。另外，Tony李在美国领的证，怎么证明已经离了呢？他跟你说的这些听上去颇有点蹊跷。"

“我有时也心里打鼓，但他干吗要这样费尽心机骗我呢，还是对我有感情呗。再说我对他这么好，我觉得他就是我的Mr.Right（译文：正确先生），各方面都很合拍。”

“唉。”吴淼长叹一口气，“感情这东西不是付出就一定有结果的。他今晚怎么没去找你？”

“应该有个应酬吧，我也在加班。”

“我建议你跟他好好谈一下，把你心里的疑惑都解开，不然这样猜来猜去对谁都不好。这段时间你小心点，跟他保持距离，如果他跟之前的没撇清楚关系，你又……你知道我说的意思吧。”吴淼并没说在炸鸡店的细节，毕竟人家Tony只是跟女孩子吃个饭，说起来也确实是应酬。这个当口，让梅思思查清李的婚史才更有意义。

“行了行了，我知道了，我心里有数。刚才看到你和文西发过来聚会的照片了，真羡慕啊，可惜我没法参加。”梅思思显然对吴淼的叮嘱已有点不耐烦，赶紧转移话题。“文西和大叔处得咋样？”梅思思问。

“还可以吧，反正世上没有完美的关系。”吴淼不知道能说些啥，也不愿多说。

“怎么变得这么消极，大叔对文西不是很好嘛？”

“不知道，文西跟我不同，她终究是需要婚姻的，而荣皓可能不是个理想的结婚对象吧。”

“好吧，咱们也别背后八卦人家了，哪天一起吃饭吧，咱们仨好久没聚了。”

“等文西出差回来吧。我最近也特别忙，证监会又开始新一轮围剿‘老鼠仓’。我每天查咱们公司同事的邮件，人都得罪遍了，这活儿真不是人干的，要不是惦记着下个月可以休假去冰岛，我真的快崩溃了。”

“是啊，工作这么多年，真想休息下。要是和Tony成了，我就辞职。”梅思思沉浸在甜蜜的憧憬中。

“你想让Tony李养你？我个人建议你还是别打这个主意。”

“Tony自己说的，他把工资单给我看过，说以后钱都交给我管，而且我观察过他，真不是乱花钱的人，对自己很省的。”

“从富盛出来的人，我还真没见过省的。他这样的薪水，却特别节约的，要不就是以前家里特别穷，要不就是现在有很大经济压力，还有一种可能就是财政大权根本不在他自己手里。”吴淼想起了曾恺，还有一些做项目接触过的同事，“富盛的人，自负又跋扈，一看行头就知道，从头到脚，一举手一投足，脸上就写着一句话：爷穷得只剩下钱了。”

“那是国内这帮土鳖，人家从海外回来的才不是这样。”

“曾恺也是海外回来的吧，你觉得他节省吗？”

“曾恺是奇葩。”

“可能你才是奇葩吧。”吴淼心里想，但却没了说出来的兴致，“总之你自己留心吧，对男人期望值别太高，对他们说的话也别太当真，自己挣钱花着没负担。Take care.（译文：保重）”

“嗯，你也是，等文西回来吃饭。Bye.”

（四）

一早，助理拿给文西宁江银行的上半年审计初稿。从数据上看，息差降低，利润增速显著放缓，不良生成率还在加速，拨备覆盖率迅速下降。由于利润还在增长，净资产比年初还增加了两毛二。这样看来，短期内要想出击IPO上市真是相当有难度。看到曾恺发过来的行程单，文西让助理订了相近时间到达的班机。

凌理查找文西谈话：“大麦金融现在可是数一数二的金主，看来他们有国际化的战略安排，这次去一定要争取让他们买点什么，国内和澳新office都会全力支持。”文西当即表示，会全力以赴。同时，她也提出自己已经是执行董事第三年，前两年年终考核都是优秀，希望今年能再向上走一步。

“如果能拿下大麦金融海外并购项目的独家顾问，今年升MD就没什么阻力了。”凌理查给文西打了一剂强心针。

文西回办公室立即召集会议，将目前几个项目的情况和同事们讨论并安排下一步工作：“宁江银行这边，我看短期内冲出去的希望不大，但也要密切注意。招股书相关的内容还是要更新，一定要与证监会、银监会的准入部门以及公司管理层保持及时的沟通，一旦有什么变化，马上通知我；清湖集团那边，要与徐木兰的团队对接好，尽量帮助他们拿到银行的授信，如果银行还是不认他们的抵押物，可以劝说他们利用目前的利率下行趋势发个债。大家这周就着手准备一个清湖企业债的发行方案。另外，半年报披露季期间，已有几家客户提出需要我们支持业绩发布工作。大家看看怎么处理，如何分工？”

“领导，这些客户实在很难伺候，上一次给他们做的PPT足足改了100多稿，平均一天就改十几次，连续一周每天只睡了不到4个小时，不知道做了多少虚工。”

“我非常理解你们的辛苦，大家都是这样过来的。姐姐我当年的记录是连续76小时没合眼，咱们团队至今还无人打破。客户就是上帝，对于他们的要求，我们不能有任何怨言。既然成为了一名投行人，就必须用超人的智慧和耐力去完成各种不可能完成的任务。现在大家的工作环境已比当年改善了不少，如果人手实在不够，我可以通知HR调几个实习生来帮忙。”

下午，文西一边和澳新的同事电话会议，落实此次考察的行程，一边在家收拾行装。南半球现在是冬天，她把厚衣服都倒腾出来。傍晚，荣皓开他的宝马敞篷跑车来接她吃晚餐。他怕堵车，先到了，就上楼帮文西收拾东西。

“昨天实在是对不起，惹你生气都是我不好，我认罚。”荣皓到阳台把洗好的衣服收进来，把内衣和T恤叠起来，衬衫和西裤放在一边，然后转身打开壁柜取出熨斗。

“我能罚你什么，明天就出差了。你这人总是这样，说到最后是你无奈，你可怜。你是大善人，谁都不得罪，唯独不怕委屈我。我经常在想，我在你这到底算是干吗的，你最爱的永远都是你女儿，而她妈妈是她最爱的。你怎么可能跟我有结果。”文西把怨气一股脑儿撒了出来。

“那怎么办啊，是我把她带到这世上，我总要负责任吧。除了孩子的事情，你是我所有情感的归集。”荣皓把衬衫用力铺平在熨斗板上，冒着热气的电熨斗在他手里就像个玩具，一件皱巴巴的衬衫两三下就被熨得平平整整。

荣皓这句话让文西原本低沉的心顿时洋溢起暖流。文西最喜欢看他熨衣服，她觉得荣皓做家务的样子特别有魅力。她站在旁边等着他，每熨完一件，就小心翼翼地接过来，像小学生捧着贵重的礼物，到阳台挂起来，再回来等下一件。等他都熨完了，她从后面抱住他，“哥哥，我们在一起好吗？”

“我们何曾分开过？”荣皓一边收熨斗，一边深情地望了她一眼。

“我是说结婚，生孩子。你不想吗？”

荣皓转身，认真地看着文西，“我想啊。但现在还不具备这样的条件。孩子的躁郁症加上青春期，她现在没法接受你，我不能好好照顾你，这样对你不公平，我也会非常痛苦。”

“那我们要怎么办？”

“说实话我也不知道。我很清楚你的年纪，拖不起的。我的人生已经这样了，不想耽误你。所以如果你觉得我出局能让你找到真正的……”

“荣皓！”文西气恼地打断他，“你这算什么，你的意思是说，你反正负不了责任，让我该找谁找谁是吧，所有都是我自找的是吧？”

“我是替你着想。从我的角度，我当然希望你一直陪着我，说好听的哄你开心并非难事，但那样不是真的为你好。”

“那你为什么不能提些建设性的建议，总是把我往外推。”

“我一想到这个也烦，现实真的很残酷。”

“既然大家都知道没有未来，那干吗当初要开始？”

“所以我犹豫了几年才向你表白，我最初的想法比较简单，就是一直把你当成我的情感寄托，在你身边照顾你，陪你一程。如果你有了归宿，我就退出让你好好过日子。”

“你以为你是谁，圣人还是救世主？其实你是最自私的人。”

“好吧，我承认我自私。”

两人意识到这样的争论是无解的，全都沉默下来。文西走进里屋，把叠好的衣服放进衣柜。荣皓走到鱼缸前，观察金鱼。“我买的小金鱼活得还好吗？这水怎么这么浑，我来给你们换水。”

看着他满头大汗地清洗鱼缸、换水、喂食，忙得不亦乐乎，文西好像忘了刚才的不快，凑到他耳边温柔地说：“哥哥，我们还出去吃饭吗？”

荣皓用鼻尖蹭了蹭文西的鼻头，说：“你不是一直想去吃这家意餐吗？”

“可是我明天就走了，要好久看不到你呢。我们不出去吃了好不好？”

"好，那我们叫比萨吃吧。"

"你能陪我到几点呢？"

"我让阿姨晚一点走，我9点回去好吗？"

"嗯。"

虽然长期计划无法制定，起码两人就短期目标达成了一致，便各自忙活起来。文西打开冰箱，掏出番茄、丝瓜、油豆皮和姜，把番茄和丝瓜泡在洗菜盆里，姜切一小块，剩下的放回冰箱。"你还记不记得上次我们去你公司附近那家素食馆吃的番茄丝瓜豆皮汤，很鲜美的。我今天也做一个。"

荣皓把鱼缸收拾停当，拿起电话订比萨，然后把电视打开。

文西把洗好的番茄用开水焯了一下，剥皮去蒂，切成均匀的小块。荣皓看着她安静又认真的样子，调皮地说："采访一下超级主妇同学，从什么时候知道我对你有意思的？"

"你的心思我早就看出来了啊。"

"具体啥时候呢？"

"先是去上海那次。有天晚上，我们说去酒吧坐坐，结果我喝了一杯啤酒就不灵了。"

"见过不能喝的，没见过这么不能喝还逞能的。"荣皓笑得鱼尾纹都出来了。

“真是的，那次糗大了，我从来没在人前这么丢脸过。本来想好好喝几杯的，谁知道喝了几口胃疼得不行，然后就被某人借机吃了豆腐。”文西羞红了脸，瞪了他一眼。

“嗨，你这个人现在竟然倒打一耙。当时我是看你浑身直哆嗦，所以赶紧搂住你，用手给你捂肚子，结果你下了出租车就狂吐，真的把我吓坏了。”

“我回房间以后，趴了大半宿。你当时怎么不来看我？”

“我想来着，但还是忍住了，怕你不高兴。当时你想让我过去照顾你吗？”

“说真的，我当时难受极了，觉得自己快死了，大哭了一场，最后给曾恺发了条短信，但他没理我。”

“那时候我根本没入你法眼。”荣皓悻悻地说。

“我知道你喜欢我。我并不是忽视你，只是感情总有先来后到啊。”

两人沉默了数秒。

“后来有一次，你帮我搬箱子，第一次来我家，记得不？”

“当然记得了，你出差刚回来，搭我车，天黑我不放心，送你上来，顺便认认门。”荣皓吐了下舌头。

“那回你第一次抱了我。”

“是。”

“为什么呢？”

“你不记得了吗？”

“当然记得了。当时我旁边的单元刚发生过入室抢劫案，我又常常不在家，就把所有壁橱的门全打开了，你进来以后，就问我为啥都开着。我说我害怕里面藏坏人，然后你就走过来抱住了我。”

“嗯，我当时想，你这个小可怜……”说着，荣皓把文西揽在怀里，手上下摩挲她细细的胳膊。

荣皓送给文西的生日礼物是一块精致的玉坠，“今年你这个生日好啊，猴年马月，马上封侯”。

“看来我还要继续努力进步喽。你不要对我期望值太高啦，EMC里卧虎藏龙，像我这种没什么特殊背景，纯靠干活混上去有难度。”文西说着做了个大力士举重的动作。

文西坐在荣皓的腿上，两人吃着比萨，胡乱说着笑话。她本想告诉他，这次是和曾恺去看项目，但话到嘴边还是咽了下去。

送走了荣皓，文西打开笔记本电脑，澳新office发来了潜在被收购标的的资料和行程表。一家农场在北岛奥克兰郊区，两家酒庄在南岛中部。时隔16年，终于要重游南岛，只可惜时间太紧，估计没时间去当时上学和寄宿的地方看看了。文西研究着几个项目的盈利表现和现金流的状况，以及近期类似收购案例的估值，连喝了几杯黑咖啡提神，通宵达旦。

（五）

新航商务舱，从北京起飞，经停新加坡。转机时，文西被通知升舱至头等。“还有这好事？”她正纳闷，曾恺出现在面前。

“怎么回事？我看你订的美联航到悉尼转机啊。”

“你就这么不愿看见我吗，还要飞9个小时呢，两个人聊聊天会舒服很多。”

“升舱是你搞的鬼？”

“我用里程帮你升的，免得你回去被财务刁难。”

“那谢谢曾总了啊。”

文西打开屏幕，想挑选一部电影来看，在屏幕上点来点去始终决定不了。

“《荒野猎人》看了没，我从美国飞过来路上看的。拍得不错。小李子为了小金人豁出去了。”

“没，好几次都想看，但害怕血腥的场面。”

“哦，对，你晕血……”

文西把屏幕关了，从包里拿出kindle，继续看她的《人类简史》电子书。曾恺也没了话，戴上耳机躺下去休息。

文西与曾恺绝对是“一见钟情”，只是这一见颇为“血腥”。

2005年6月，A股上证指数跌破1000点，尽管二级市场一片哀号，一级市场上，一批大型国企的股份制改革正进行得如火如荼，几大国有银行均陆续进入到财务重组的实质性阶段。财务重组包括资本重组与不良资产剥离，最终的目的是成立股份有限公司，引进境内外战略投资者，并实现境内外同步上市。投资银行，在这一过程中扮演着举足轻重的角色。投行人士，也悄悄进入人们的视野。

这一年，文西进入了EMC，成为了一名投行分析员，懵懵懂懂参与着号称有史以来全球最大的IPO项目。曾恺，2002年从普林斯顿大学毕业，随即进入富盛香港，2004年派驻富盛北京，以项目经理的身份加入到这个项目中。二人虽一直未曾谋面，但每天有上百封关于该项目的邮件在承销团成员中发来发去，早就熟悉了在抄送名单中频繁出现的彼此的名字。

十一过后的一个周一，文西跟着老板去参加该公司的上市工作例会。公司管理层对承销团估算的发行价不甚满意，要求重新研究估值方案。会上各投行代表经过讨论决定，用红利贴现法、市盈率法、市净率法分别计算后再进行比较，由EMC和富盛牵头进行。由于曾恺并没有出席当天的会议，文西当即给他发了邮件，附上当天的会议纪要并强调了拟上市公司领导要求完成的期限。

曾恺秒回："下午2:00，3013会议室，讨论。"

富盛的办公室就在EMC的楼上，文西从金融街赶回国贸的办公室已是下午1点半，匆忙在楼下星巴克买了三明治和咖啡，准备上30层直接去找曾恺。

曾恺发来邮件："我在楼下剪头发，马上回。"

作为全球顶尖的投行，富盛的保安也是顶尖的，那里戒备一向森严，没有内部人带，说破嘴皮都是进不去的。星巴克又人满为患，文西索性下楼去等他。国贸地下商城的Super Harry（译文：超级哈利），号称京城最贵的美发沙龙之一，文西还从来没去尝试过。

隔着橱窗，她看到里面有三位客人在做头发。两名女生分别在做染发和烫发；只有一个男生，文西断定那就是曾恺了。不愧是普林斯顿的高才生，文西只看了一眼他的脸，脑子里就蹦出两个字：聪明。短发，圆脸，眼睛略呈三角形，挺直的鼻梁，圆圆的鼻头，皮肤白里透红，嘴唇薄厚适中，饱满且红润。他的脸，像某个卡通人物，亲切而可爱，好似在哪里见过，却想不起具体的名字。曾恺在镜子里也看到了文西，盯了她片刻，并示意她在旁边先坐一下。沙龙的小工热情地端来一杯柠檬水。

给曾恺剪发的是一位骨瘦如柴的男子，头发染成青灰色，他飞快地挥动着手里的剪子，并不时跟曾恺聊着什么，看样子曾恺是他的老顾客了。“《爱情魔法师》里面描写的flying cut（译文：飞剪），是不是就是这个技术？”文西暗自思忖。

“啊！”曾恺惨叫一声，从椅子上蹦了下来，一把扯掉了身上的围布。一股鲜血从他左耳根部涌出，顺着脸颊流下来，染红了他白衬衫的衣领和前襟。发型师吓呆了，一边语无伦次地认错，一边拿纸巾来止血。但血还在不停地流着。曾恺捂着耳朵，皱着眉，顾不上指责，连忙用纸巾往耳朵上堵，几个助手也过来帮他擦身上的血渍。一时间血染红的纸巾扔了满地。

文西见状赶紧跑上前去，“赶紧去医院吧，得打破伤风针。”一句话提醒了众人。

“对对对，还是得去医院。”发型师赶紧穿上外套，文西抓过一盒纸巾，两人扶着曾恺走出沙龙，上了电梯，到门口打车直奔最近的医院。上了车，文西忽然觉得头晕气短，喘不上气，眼前发花，赶紧把头埋进腿里。

“你是怎么了？”曾恺有气无力地问她。

“我，可能晕血了。”文西强打精神，但感到自己的声音越飘越远。

“流血不止的可是我啊，同学，你没事吧？”曾恺衰弱又无奈，轻轻用肘部碰了碰文西的肩。

医院离得不远。车开到时，曾恺的血已基本止住，只是白衬衫上的血迹十分骇人。他一手捂着耳朵，另一手帮发型师扶着文西。急诊室的护士赶紧先安排几乎不省人事的文西躺下来，也给曾恺的伤口进行了消毒和包扎。

……

晕血这毛病，来得快，去得也快。第二天，文西完全恢复，照常上班，照常加班。曾恺则请假一天。

傍晚，曾恺给文西发了邮件：“还在加班吗，出来喝一杯吧，我在国贸对面的LIM会所。”

文西整个白天不时会想起昨天的“奇遇”，本来几次想发信息问问曾恺的情况，可一忙起来就忘了。看到他的邮件，赶紧关上电脑出来，一路小跑进了LIM。9点还不到，会所里没什么人，一眼就看见左耳被包扎成“粽子”的曾恺。他穿了一件黑色的休闲衬衫，脸色灰灰的，没精打采像霜打的茄子。

“‘一只耳’同学，你没事了吗？”文西一边把新秀丽双肩背电脑包从肩上摘下来，一边逗曾恺。

“身体倒没什么事了，只是心情郁闷。这种事竟然能让我碰上，真够倒霉的，唉。”曾恺向服务员要了一个红酒杯，给文西倒了小半杯。“随便点了一瓶梅洛，喝喝看。对了，昨天的事，谢谢你。”

文西抿了一小口，“真客气，味道不错啊。你可以喝酒吗，对伤口没影响吗？”

“没事的，喝点酒压压惊，去去晦气。”

“你不要这么颓废嘛，说不定你要交好运了呢。”

“你是想说我大难不死必有后福吗？”

“那倒不是啦。你知道吗，我面试EMC那天晚上也发生了流血事件，然后第二天就拿到offer了。”

“怎么回事？”

“我洗澡的时候，用手去转下水道上的铁盖儿来着……”

“妈呀，我汗毛都竖起来了，你当时也晕血了吗？”

“晕了，只好蹲在浴室里，幸好我妈当时在家。”

“那还好，你怎么会晕血呢？”

“遗传吧，我爸晕血。我现在还好多了呢，小学的时候打疫苗，我看到前面同学针眼流出几滴血，就晕了。”

“好夸张哦。”曾恺喝了几口酒，眉头舒展了许多。他开始仔细端详眼前的女孩：她穿了灰黑色的紧身T恤和黑色的七分裤，外面罩白色蕾丝边薄西服；灯光下过肩的长发乌黑发亮，发梢和刘海应该是稍烫过，恰到好处的弯曲给她的脸庞增添了一丝柔美；没有化妆，皮肤白得闪光，喝了两口酒以后，脸上微微泛起红晕，不笑的时候杏眼圆睁，一笑就眯成两道月牙。曾恺看得也笑了起来。

“你笑什么呢？”文西已经有点困了。

“我看见你就想笑。”曾恺托着腮看着她说。

“我长得有那么好笑吗？有没有人说你长得像卡通人物？”

“没有，你才像卡通人物呢。我想想啊，对了，小叮当，就是那个木偶。”

“你还别说，我小时候还真有人说过同样的话呢……对了，你休息几天？”

“明天就上班了，在家待着也难受，而且压了好多活。”

“嗯，估值研究这周就要交卷呢，想起来好头痛。”

“我一会儿回去就做个模型。”

“不睡觉了吗？”

“白天睡了不少了，不困，我一般睡得很少。”

“真羡慕你，天生的banker。我这样的瞌睡虫就不适合做这行，总是感觉睡眠不足。”文西说着打了个哈欠。“入职以来，还没有一天不加班呢，今天要不是出来找你，估计又得到12点。”

“女生干这行是比较毁人。不是我吓唬你啊，过两年你就成黄脸婆了。等你熬到team leader(译文：团队领导)，还得陪客户喝大酒呢。”曾恺恢复了爱捉弄别人的本来面目。

“啊？那我不跟你瞎贫了，我要赶紧回去睡会儿了，明天还要开早会呢。”

“那我也撤了。”

在L&G大厦门口，曾恺拦下一辆出租车，表示要送文西回家。文西谢绝了，说自己住得不远。曾恺不好意思坚持，毕竟他们是工作关系，而且刚刚见第二次面。他拉开车门，看文西坐进去，说了句“到家给我来个信儿”，不舍地关上了车门。

“我会的，你好好休息。”文西隔着车窗向他摆了摆手。她感受到一种久违的幸福感，眼前这个完美的男生，难道就是自己等待已久的白马王子吗？

Kindle“啪”的一声掉在了地上，文西被吓了一跳，书没看几页，有点倦了，索性把电子书关上，塞进行李袋。她闭目养神，渐渐地没了思绪，迷迷糊糊睡着了。

身体对外界一向极其敏感的文西，在飞机上从来不得安睡。身处一万米的高空，好几个小时不接地气，或许是心理上的原因，每次飞越南北半球，她都感到浑身的循环似乎停滞，浅睡了约半个小时，被一阵气流的颠簸晃醒，睁开眼，一杯温水递了过来。

“醒了？我给你要的，你在飞机上还是只喝温水对吧？”曾恺斜着身子，把水杯放在文西面前的小桌上。

“是，谢谢。”

“你在看《人类简史》啊，最近挺流行。不过我看了以后，觉得也没书评写得那么邪乎。作者的确是有一些新的视角，但整体缺乏系统性，历史书不历史书，哲学书不哲学书的。”

“这又不是教科书，你至于这么吹毛求疵吗？我只是开卷有益。”

“嗯，起码你现在知道看书了。”

文西无语。在她看来曾恺就是在没话找话。

“我刚才看了下电影的菜单。Spy（译文：间谍）不错，典型的英式喜剧，应该符合你这剑桥高才生的口味。”曾恺接着说。

“我已经看过了。”文西懒得理他。这部剧，她和荣皓在家看得前仰后合。

曾恺自讨没趣，点了“开始”键，独自看起来。文西觉得有些头痛，躺下来继续养神。

聪明的男人，自然有聪明男人的毛病，特别是像曾恺这样的精英。他最大的毛病，在文西看来，就是自以为是。女孩子在二十多岁的时候，往往并不讨厌这样的自以为是，甚至对“霸道总裁”式的人物深深地仰慕。但随着年龄和阅历的增加，如今的文西，却格外反感这样的男人。

是，文西曾经是多么崇拜曾恺啊。在她眼里他一度是完美的化身。为了他，她什么都可以不顾，什么都可以付出。从那次在LIM约会之后，两人就打着讨论项目的名义，三天两头一起吃饭、喝酒，偶尔也在周末加班后去夜店跳舞。文西十分欣赏曾恺的精干与勤奋。曾恺也被文西漂亮可爱的外表以及开朗活泼的性格深深地吸引。那段时间虽然二人的工作压力和强度都很大，但都觉得生活充满了希望。每当文西在凌晨三点，坐在Bloomberg（译文：彭博）终端前痛苦地搜寻数据时，曾恺也在埋头反复斟酌拟上市公司的投资亮点；每当文西在东方已微微发白离开办公室时，她总看到曾恺的MSN仍然在线；每当她回到家收拾停当，跟他道晚安时，他总是立即回应，让她先睡。这让文西觉得心里很踏实。

文西后来总结出，男女之间最佳的状态就是心照不宣而又各自忙碌：自己忙碌就无暇思考过去与未来，又格外珍惜和享受短暂的相聚；对方忙碌就不用担心他有二心，只要通个电话就能维系感情。跟投行人交往，对方连吃饭睡觉都保证不了，怎么可能投入更多的时间和精力来谈感情呢。

经过近一年的艰苦准备，这个史上最大的IPO项目，终于到了最后的关头。文西和曾恺，与各自投行的团队，以及拟上市公司的管理层开始遍及亚洲、欧洲、北美洲的路演。此时，国内A股和H股正处在向上攀升的阶段，境内外投资者对于该公司的挂牌给予了空前的关注与认同。路演9天，18个城市，团队的每个人早就累得如同行尸走肉，强打精神到最后一站纽约时，正好赶上周末。这也是整个行程中唯一可以放松和修整的机会。

“曾恺，我听说路演第三天就超额认购了，好牛啊。”

“是的，看来是肯定要‘绿鞋’了。”

“这个词我总觉得好怪，你要是说‘行使超额配售选择权’我肯定记不住，说‘绿鞋’，一遍我就永远忘不了。”

“是啊，有些金融方面的词汇是挺神奇的……认购任务提前完成，这次在纽约大家都能放松些。白天在华尔街拜访几个大基金，参观下纽交所，晚上我们干吗去，要不先吃牛排，然后去看《妈妈咪呀》？我票都买好了，今晚上人应该很多。”

“好啊，你在美国这么多年，这是你的地盘，都听你的。这两天只要给我留出半天，去第五大道逛逛就行。”

“你这是要买啥大件啊？”曾恺笑道，拍了拍文西的肩膀。

“不买大件就不能逛了吗？俺是第一次来‘美帝’，就不能见识一下资本主义浮华的大都市吗？”文西故作任性地嘟了嘟嘴。

周末夜晚的时代广场和百老汇热闹非凡。文西喜欢纽约繁华而不做作的氛围，走在大街上，看见小超市都要进去逛一圈。按她的话说是“考察当地风土人情”。曾恺就一路跟着她，无聊了就吃个冰激凌，或者在文西的撺掇下买件“I love NY”（译文：我爱纽约）的纪念品T恤衫。眼看《妈妈咪呀》快开演了，来不及去吃牛排，二人就在剧场附近的越南餐馆简单吃了牛肉河粉。

“明早我带你去长岛吧，我姐姐家在那。房子空着，我们可以尽情造，哈哈。”曾恺边吃边说。

“你姐去哪儿了呢？她人不在，我们去不太好吧。”

“没事，她是个super woman（译文：女超人），普林斯顿数学系博士毕业进了大摩，没几年就干到MD。嫁给我姐夫以后，现在去东京office了。哦，我姐夫是日本人，牙医。”

“哇，强人，膜拜膜拜。记得你说过还有个妹妹？”

“是，她是个机灵鬼。芝加哥大学金融工程的本科出来就进了瑞银做交易员，刚考过CFA，年年都是top trader（译文：首席交易员），现在新加坡。”

“做女交易员可不容易，她们这么优秀，你一定有很大压力吧。”

“我在我家就是只black sheep（译文：败家子）。呵呵，压力不是一般的大啊。”说着似笑非笑地看着文西，仿佛是说给她听的。

文西听着曾恺的一席话，不由得心头一紧。这样的家庭，要想融入可不是那么容易的，在她的内心，埋下了对两人未来的担忧。

第二天一早，吃过早饭，曾恺就在酒店门口等她了。他开了一辆黑色的保时捷跑车，戴着墨镜，坐在跑车驾驶位上，摇下车窗的样子，简直酷毙了。难得约会，文西也穿了件粉色镂空毛衣和黑呢超短裙，脚蹬裸色漆皮圆头半跟皮鞋，把头发扎成马尾，戴上了自己最喜欢的一对蓝色琉璃耳钉，容光焕发，青春靓丽。

“这么漂亮的妹妹，要去哪里啊，我送你吧。”曾恺打趣道，帮文西打开副驾驶的车门。

“当然是跟着帅哥走啊。”文西拉着短裙的裙角坐上去，将手包放在座椅下面，同时把安全带系上。

“出发，先去长岛，然后去法拉盛吃龙虾，回来有时间我们就去逛街看电影。”

“Perfect.（译文：完美。）”

从纽约市到长岛，车程约一个半小时，路上车不多。

曾恺开得很快，跑车的轰鸣声和推背感，蓝天和云彩，令文西有了要飞翔的幻觉。她没有了任何思维。车顺着高速开到约过半路程时，在主路转弯处有一条正在修建的高架，看样子已基本竣工。可能是周末的原因，无人工作。曾恺不假思索，一下子就冲出主路开上高架，文西反应过来刚要质疑，他一脚刹下去，车停了下来，两个人的身体在惯性作用下剧烈地前倾。

“文西，你下车待一会儿。”曾恺一脸严肃。

“啊？怎么了，干吗开到这里来？”文西摸不着头脑。

“哎呀，你下去一下嘛，就一会儿就好。”

文西一脸狐疑地下了车，不知道曾恺葫芦里卖的什么药。

“你认真看哦，倒数十秒。”

文西在心里默念着“十、九、八、七……”，只见车后背箱盖向上弹起，接着车顶棚掀起，徐徐张开，车身两边的车窗架向空中抬起，像两只高举的机械手臂，手臂弯曲，折叠，和顶棚一起收缩进敞开的后背箱内，箱盖再自动盖上。不到十秒，这辆跑车变身成了拉风的敞篷。文西以前只见过敞篷，但这样的变形还是第一次见。

“哇，变形金刚！”文西不知道还能说什么了。

"上车啦，咱们继续赶路。"

曾恺姐姐家位于长岛白沙滩附近的一条无尾静街内。白色的围墙，绿色的草地，花园很大很平，约有1000平方米左右。房子有两个大门，北边的门走车，东边的门走人。北门旁边有一个小亭子，亭子周围的树都被修剪成精致的小小的圆形或方形。繁茂的植物中间，一汪池水若隐若现，很有日式庭院的风格。房子的南侧有大量的空地，几棵参天大树像是禁卫军，镇守住整个后院。各种颜色的花草都是文西叫不出名字的。曾恺说他也叫不出名字，只知道这里每个季节都有应季的鲜花盛开。这个花园以前是她姐姐精心设计和打理的，现在每个月有花匠来整理，尽管还算整齐，但变得匠气了，没有以前浪漫温馨。房子两层，占地面积并不大，乳白色为主的砖显得低调而扎实。

曾恺把车停进车库，车库里还停着一辆蓝色的BMW X5，曾恺说这两辆车都是他在美国的时候买的，X5是他平时开的，这辆保时捷的硬顶敞篷他只有特殊场合才开。

屋里很亮堂，古色古香，一看就是华人的居所。曾恺说他姐和姐夫喜欢收集古董，家中不少陈设都是他们多年的藏品。客厅的餐柜上摆放了三姐弟的一些照片。曾恺去厨房煮了两杯咖啡，带文西走进他的"私人影院"。这是间30平方米左右的小屋，里面安装了投影机、幕布、功放、音响等全套影音设备。曾恺让文西坐在按摩皮沙发上，调节至她舒服的位置和角度，建议她挑选一部电影。

“《指环王》吧，只是不知时间够不够，要3个多小时。”

“嗯，这部片我也喜欢，新西兰的风光太美了。”

两人最后决定看一部轻松的喜剧，一个多小时。电影结束后，他们去白沙滩散步。时间有限，他们没走一会儿就开车奔法拉盛去了，按计划享受了龙虾大餐。回到纽约市区，曾恺如文西所愿陪她去了第五大道。

“我要给自己买个礼物，作为这一年辛苦的犒劳。”文西进入投行工作以后，经济状况有了很大的改观，但她仍然十分节省。她拽着曾恺走进Tiffany。“一层的钻啊，宝石啊，咱就不看了啊。”说着一头扎进后侧的电梯。电梯里穿着黑色西服，戴着礼帽的黑人大叔彬彬有礼地问他们去几层。“Silver.（译文：银饰。）”她回答。

原来文西想买一条Tiffany的手链，她曾看到时尚杂志上介绍过这款经典的银手链，“长草”了很久。带着明确目标的购物通常是比较高效的。文西直奔柜台，从几款手链中选了一款带有心形吊牌的。由于她手腕太细，销售助理给她量了尺寸，交给定制组的同事。文西在休息区等候，曾恺去了洗手间。

十几分钟以后，文西拿到了根据自己尺寸改好的手链，兴致勃勃地观赏了一番。120美金，符合她的预算，她赶紧付了钱，拉曾恺出来。

“怎么不看别的了，还有好几层呢。”曾恺似乎还意犹未尽。

“别的不用看了，反正也买不起。”

“那也可以欣赏欣赏嘛。”

“时间紧迫，我们再去看看有什么打折衣服。”

两人上了车，曾恺并未启动汽车，而是从外套兜里掏出一个小盒子，也是Tiffany的标志蓝色。“我刚才瞎逛的时候买的，不知道你喜不喜欢？”文西有些不知所措，原来他说去洗手间其实是跑去买礼物了。她小心翼翼地拆开小盒，一枚白金的吊坠映入眼帘，花体的三个字母oui（译文：法语yes），i上面的点是一颗小钻。“你知道法语oui的意思吗？”曾恺声音低沉而认真，他轻轻地说，接着俯下身亲了文西的额头。

文西闭上眼睛。

“做我女朋友好吗？”曾恺问，“Say oui, ok？”（译文：说你愿意，好吗？）

文西没有说话。

“你不愿意吗？我一直喜欢你，你知道吗？”

文西还是没有说话。

“你倒是说话啊，什么想法啊？”

"曾恺，我们能走到一起吗？我总觉得我们有很多不一样。"

"我们认识以来都相处得很愉快啊。你喜不喜欢我，到底？"

"喜欢，但正式交往的事，能给我点时间考虑吗？"

曾恺没有料到文西会这样说，十分不解。他本以为文西会满心欢喜地答应。"这样吧，我们以一个月，31天为限。一个月后，无论我在哪里，都会给你打电话。如果你还不答应，我绝不会死缠烂打。"

他把蓝色小盒按在文西手心里。"你先收着，如果你答应了，以后就永远戴着它，好不好？如果不答应，再还给我也不迟。"

从纽约回到北京，两人像平行线般沿各自轨迹运转。上一个IPO刚做完，马上又进入到下一个项目中。一个月就快过去了，曾恺一直没有跟文西联系。文西有点害怕。她意识到，此刻失去曾恺，并不是自己想要的。她也不清楚当时为什么拒绝曾恺。"真是个作女！"她埋怨自己道。但另一方面，她的确对和曾恺的未来没什么信心。"如果两个人真的合适，不是应该特别憧憬和安心才对吗？为什么我有的却是不确定和忐忑？"文西思来想去没有结论，她决定不再患得患失。"没有过程怎么会有结果呢，可以先交往试试嘛。”离一个月期限还有两天，她给曾恺发了邮件，问他在哪里。

曾恺回复：“我一直在南方出差，现在云南。你最近怎么样？”

文西：“什么时候回京？”

曾恺：“后天。”

文西：“哦，别忘了咱们的约定。”

曾恺：“不会。”

又过了两天。这两天对文西来说像两年。她焦急，紧张，心神不宁。这一个月，曾恺对自己有没有变化呢？如果没有变化他为什么不跟自己联系？他是在考验她，还是对她本来就是有一搭无一搭。如果是前者，那说明曾恺是个心机蛮深的人；如果是后者，那就更不用说了。无论怎样，谜底揭晓的时间终于到了。晚上10点，文西的手机响起，是曾恺。两人并未直奔主题，先闲聊了几句。

“最近很忙，估计你也是，所以没怎么跟你联系。”曾恺说。

“哦，去云南还好吗？”

“景色很美。”

“那，有想起我吗？”文西小心地试探着。

“有！”倒是曾恺表现得更坦然些。

“怎么想呢？”文西稍微心安了一点。

“就想呗。”曾恺的声音低沉下来，要进入正题了。“那个问题，你有答案了吗？”

“我想过了，我接受，我们交往吧。”文西终于说出这话，如释重负。

文西从第二天起就戴上了那个项链吊坠，无冬历夏，甚至连洗澡、做瑜伽也不摘下来。

现在，多年后的她，躺在飞机头等舱里，旁边的座位上竟然是曾恺。这使那些尘封已久的往事像话剧场景般，一幕幕重现。当她回忆起这些场景时，多数是没有任何感觉的，就像看别人的故事一般。说来费解，与曾恺有关的画面，如今能让她感到幸福的竟然不是跑车兜风，不是龙虾大餐，不是钻石吊坠，也不是拥抱接吻，只剩下一个不经意的动作：同意跟曾恺交往不久后的一天中午，她阶段性地忙完了工作，去上瑜伽课。跟着老师的指令，她把双脚分开一米，身体下沉，头慢慢地往下压，深呼吸，再往下压，使头顶几乎碰到地面。这时她的项链顺着颈部滑落至下巴，吊坠卡在嘴唇上。她下意识地用嘴唇使劲地抿了一下那三个字母——瞬间整个内心充满了不可名状的愉悦，有点像心脏被棉花糖团团包裹，柔软、温暖而又甜蜜。至于让她感到最痛的，除了最后分手的场景，大约就是偶然看到他与现任太太往来邮件时的那一幕了。

无论是幸福感还是痛感，无非都是由于当时大脑皮层受的刺激过于强烈，以至不能忘掉罢了，真的不必太在意。若干年后她不断地提醒自己说。

第三部分

她的思绪掠过北京的高楼大厦，掠过伦敦的公园街道，掠过纽约的不夜霓虹，掠过巴黎的教堂高塔，最终定格在雪山湖泊旁的一座古堡里。

哦，西湾。

（一）

飞机降落奥克兰机场，文西刚打开手机，就收到吴淼的一连串语音信息。

“亲，你到了没有，怎么飞了这么久，到了给我个信儿！”

“你走了以后，贵部可不消停啊。你记得去年升ED（译文：执行董事）的那个许文迪吗，据说今年晋升名单里又有她呢。此人果真很有来头啊。听说五年前在大摩就是个分析员，干了两年跳到咱这就是VP了，之后一年一升，赶上发射火箭了。”

“对了，曾恺查到那个Tony李了吗？”

文西一边听一边往入境大厅走。曾恺在前面，文西追赶了两步跟他并行，问道：“上次我说的那个人，你查到了吗？”

“哦，你不说我差点忘了。我问了富盛纽约的人，都说没听说过。”

“真的吗，会不会是跟他一拨的都跳槽了？他回国好几年了。”文西若有所思地看着曾恺，意识到此事可能没那么简单。

“有可能有跳槽的，但如果他是一毕业就去了，一直做到VP至少得五年，那么这个圈里认识他的应该不少。”

“嗯，我知道了，多谢你。”

“你什么时候变得这么客气了？”

“看来现在贵圈渣男不少啊。”

“嘿，啥意思啊？文总，我可是刚刚帮了你哦。”

“有感而发而已，请某人不要过度敏感对号入座。”

“你这张嘴啊。唉，贵圈女人真可怕……”曾恺摇了摇头。

两人很快办理了入境手续。新西兰office的同事早已等候多时了，因为已近傍晚，就直接送他们到市中心的酒店入住。简单吃过晚餐，文西在房间里与荣皓视频了一下。国内还是下午，荣皓还没下班，两人只说了几句就收线了。这时，曾恺的电话打了进来。

“这大纽村不会连酒吧都没有吧？”

“出门左转就是皇后大道，各种酒吧都是开通宵的。”

“去喝一杯？”

文西本想拒绝，但觉得是个机会探探曾恺这次来做收购的底牌，毕竟自己是卖方，要服务好客户。“好，十分钟以后楼下大堂集合。”

两人朝海边的方向走，不一会就到了王子码头。夜空下，无数白色的帆船停泊在静谧的南太平洋上，月下泛着金光，阵阵海风吹送，帆船轻微地摇摆，给寂静的夜添了些许灵动。“不愧是‘千帆之都’啊。”曾恺一声轻叹，身体靠近文西，左手轻抚在文西的肩头，想要拥抱她。文西往前迈了一步，微微斜了下肩错开曾恺的手，只是继续看远方的帆船。

“过得好吗？”曾恺也往前迈了一步，和文西并排站着，两手改抱住自己的肩，问道。

“还不错吧。”

“有男朋友了吗，也老大不小的了。”

“承蒙曾总关心，我跟我男朋友挺好的。”文西看了曾恺一眼。

“文西，我觉得你变了很多。我在想，如果当时恋爱的是现在的你我，可能早就结婚了。”

“人生没有假设吧，况且我们可能本来就不合适。”文西意味深长地说。

“不管你信不信，当时我跟你分手，不是因为她。”

“已经不重要了吧。”

海边有几家小酒吧，两人走进比较安静的一家，各要了一杯啤酒。

“你知道，这些年其实我一直在想你。”曾恺嘬了一口啤酒，那口酒在他嘴里含了一秒，咽了下去。“你说得是对的，离开你，我再也找不到比你更爱我的人。”

文西喝了一口酒，没说话。

“现在我体会到，婚姻和爱情完全是两回事。当时我们太过紧密，对彼此的控制欲太强，特别是你，太依赖我，也太在意我了。我那时真的感觉快要窒息而亡。如果我们就那样走进婚姻，我一定会累死，你也不好过。”

“所以你让我去准备婚礼，但其实是要我，路演一圈回来就提出分手。”

“我不是诚心骗你的。我很矛盾，走之前说的话并没有想好。”

“现在说这些干吗呢？”文西对当年的事情已经毫无兴趣了。

“跟你说这些，是我想让你知道，我对你还是有感情的。”

“So？（译文：然后呢？）”

“如果你需要我，我会尽力照顾你。”

“Meaning？”（译文：意思是？）

“我想你对我不会一点感觉没有吧。”

“你不会是想让我给你做情人吧？”文西“扑哧”一声，大度地笑了笑。

“也不是不可以啊，如果你愿意，说不定是个双赢的安排。”曾恺没想到文西说话如此直白，不过既然说到这了，话赶话挑明了也罢。

“请解释‘双赢’？”文西本想结束这个话题，但突然变了主意，摆出一副要洗耳恭听的架势。

“我们的需要都得到满足。工作和生活，精神和肉体。”

“包括婚姻和孩子吗？”

“这我确实做不到。”

“为什么做不到？”

曾恺没有接话。

“因为你不能舍弃现在的金钱和社会地位，还是你不够爱我？”文西追问道。

“我也不知道。”

“曾恺，跟你分手以后，我一直在问自己一个问题。这个世界到底有没有真爱？”

“没有吧。我认为这世界没有无缘无故的爱，也没有无缘无故的恨。”曾恺说。

“我在想，人本质上就是趋利避害的动物，但又会有各种感情。当感情与趋利避害的本性发生冲突的时候，可能多数人会选择放弃感情。”文西的双眸故意错开来自曾恺的目光，盯着远处的花瓶摆设，一字一句地说。

“嗯，有道理。”曾恺轻声附和了一下。

“但我还是相信这世上有真爱，而且不想放弃去追寻。”

“好吧，我服了你了，爱情战士。我早已麻木。”

“所以曾恺，我当年是真的很爱你。即使现在，我也不后悔当初爱了你。但我已经不再爱你了，所以不可能跟你在一起。”

“那你爱他吗？”

“我想是的。”

“比当年爱我还爱吗？”

“不同年龄阶段的感情是不可比的。我跟他的感情与当年我和你的很不一样。”文西吃了一粒腰果，把长发拢到左侧，露出右边的耳朵。

“说说看怎么不一样？”曾恺在杂果杯拨来拨去，挑了一颗花生，扔进嘴里。

“我现在还不太能说清楚，因为我和他还在过程中走着。或许跟你那时我更多是在追寻自己对爱情的理想吧。而现在，可能因为各自都经过一些伤痛和失败，多了些包容和理解，当然还有妥协。”

“我希望你幸福快乐，真心地。但我感觉，你其实还是在追求理想的爱情。如果你有一天向现实屈服，我的门始终为你打开……”

“谢谢你。希望我们这次合作愉快！”文西举了举杯，打断了他的话。

“那是必须的。”曾恺也意识到该转换个话题了。“你知道，我对此次在这边的收购是很期待的。”

“新官上任三把火喽，那请曾总管理一下我的预期吧。”

“这几年，国内几大巨头在海外的动作你也看到了，动不动就是收购地标之类的。我们去年在意大利收购的也是市中心的标志性建筑物。”

“所以，小打小闹不是贵司的风格。”

“倒也不是这么说，但老板的战略的确是收购该国最有竞争力的资产。我认同他的观点。”

“可以理解。那曾总觉得我们现在的重点是什么呢，一般的农场或商用物业恐怕不符合你们的口味了？”

“这是我第一次来新西兰，需要一个认识的过程。在我看来，这个国家的主要资源不是商业，而在于农业和旅游。因此能结合这两个方面的标的是比较理想的。”

“嗯，你的需求我大致了解了。明天上午我们先去office，跟这边的同事讨论一下，整理好思路，再有的放矢地去找标的，磨刀不误砍柴工。”

“好。”

回到房间，琢磨着曾恺刚才的告白，文西感到委屈。她十分想念荣皓，拨通了他的电话。

“宝宝我忙死了，还在加班，你洗澡了没？”

“你忙什么呢，我刚才出去走了一圈，想听听你的声音。”

“嘿嘿，这半年报披露在即，还有资本补充和分红的事情，白天基本在开会，晚上才能看文件。你时差没什么了吧，一会儿早点睡啊。”

“荣皓，我告诉你件事情，你不要生气好吗？”

“咋啦？”

“曾恺在这，他们要在这里做收购。”文西做了一番思想斗争后，决定还是告诉荣皓。他迟早会知道，还不如早点告诉他。

“啊？哦。”荣皓显然是猝不及防，声音从刚接电话的兴高采烈一下子沉了下来。“他没为难你吧？”

“没有。哥哥，我告诉你就是想让你安心。我跟他绝对不会有事的，我心里只有你。”

“我也是，宝宝。我一直想你。”荣皓的情绪好了一些。“你自己保重，不要太累，尽量早回，到时候我给你接风。”

文西心里一块石头落了地，她又可以安心地工作了。没有七上八下，也不必猜疑揣测；不会没有着落，也不会暗自忧伤。无论前路发生什么，荣皓都是他的拥护者和保护者，她只管朝自己认定的方向去就是了。文西意识到，曾恺做不到这一点，这就是她和曾恺永远走不到一起的原因。曾恺这样的人，学金融做金融，所有的人和事在他眼里都可以用经济学原理来分析。他是个投资天才，投资哲学业已深入骨髓。当年他的确喜欢，或者说爱过文西，但当他发现这份感情需要付出很大的维护成本的时候，就毅然退出，就像投资股票的及时止损。他娶了某省长的女儿，太太全职在家，生了一个儿子，家庭任务完成了，但感情上的空虚日益显现，于是开始寻找新的寄托。回想着刚才曾恺跟她说的话，文西不由得为自己当年没跟他结成婚而庆幸。她又想到荣皓，两人在一起的温馨画面带给她很多慰藉。可是，曾恺不能给她的，荣皓就能给吗？尽管文西丝毫不怀疑荣皓对自己的感情，但直面这个问题时，她真的没有答案。

（二）

EMC奥克兰办公室，在海边的金融中心里。在270度海景会议室里开会，这样的工作环境，让从北京office来的文西只有羡慕嫉妒恨的份儿了。新西兰地区首席MD和并购部负责人热情地接待了曾恺和文西。并购部VP演示的PPT材料，介绍了整个新西兰的自然、人文、商业及投资环境。

“这个国家从资源的储备来说，还是非常有潜力的。新西兰政府一直坚持可持续发展的理念，对资源的开发十分审慎，为子孙保留了大量的财富。跟当今不少过度开发的国家相比，这个国家未来的竞争力会日益显现。奥克兰是新西兰的第一大城市，近十年来的地产和商业发展非常迅速，房价一直在涨。虽然比不上中国的北、上、广、深，但在全球楼市中，绝对算得上是黑马。”

“那现在还有相对价值低估的资产吗？我认为这个国家的旅游业和农业会一直是主要的经济增长点。”曾恺说。

“你说的没错。从估值来说，北岛现在的确不便宜了。南岛在2011年地震以后，价格一直上不去，但最近似乎有跳升的迹象，也是因为北岛涨得实在太多了。”

“旅游资源最集中的区域在哪里呢？”

“从北岛来看，陶波湖及附近的滑雪场是不错的选择，南岛的话，首选应该是皇后镇周边的农场或酒庄。”

“能联系一些我们去考察一下吗？特别是酒庄，我们公司是比较感兴趣的，因为我们拥有国内最大的互联网销售平台，完全可以销售自己酒庄的酒。”

“我们马上去联系。但在新西兰收购酒庄回中国卖酒，老实说有一定风险。”

“为什么呢？”

“因为国内的人对新大陆地区的酒认识不足啊。你看近期几个酒庄收购案例，基本集中在法国的波尔多和勃艮第地区。论葡萄酒，中国老百姓还是认法国的，虽然我们认为新西兰的酒绝对是世界一流的，而且法国有些酒也是鱼龙混杂，质量不一定有保证。”

“你说得很中肯，我要想一想。请尽快安排考察吧。”曾恺低头看了看手腕上的百达翡丽。

从当天下午开始，文西和曾恺，以及这位并购部VP就开始了对潜在收购对象深入地调研。他们从奥克兰南下，驱车两个小时，先到汉密尔顿看了两个农场。这两个是连在一起的，加起来大约2600公顷，农场主的祖先1878年买下这块土地，建成庄园和农场，他的子孙都在这片土地工作和生活，现在已经是第五代了。文西和曾恺驱车进入这所风景如画的农场，简直如同进入了一座国家公园：几十万株树苗，上千种植物，十几条小溪，50个水坝，还有各种大理石点缀其中。旁边的那个农场里面，饲养了2000多只母羊，1000多头牛，还有100多只呆萌的羊驼。

买家直言因为整个家族的生意打算转型，尽管非常不舍，他们还是准备卖掉这两个农场。至于价格方面，他们希望不低于5000万纽币，约合人民币2.5亿元。

曾恺认为这个农场的性价比还是比较高的，但整体收购这个农场庄园的话，最好是能保留现有的管理团队，否则很难找到可以打理好这个农场的人，而卖家明确表示不想再经营下去了。另外，牛羊饲养的生意更适合做肉食加工等企业的买家，因为这样的企业已经具备了成套的冷链、物流和销售体系。而大麦金融目前还没有涉足这个领域的战略计划。

别过了庄园主，VP建议到Matamata去转一转。

“Matamata？不就是指环王里的霍比特村嘛。”文西兴奋地说。

“是啊，你不要小看这个小镇哦，一共才1万多人，全国的奶牛一半是这里培育的，人均收入你猜有多少？”

“没有概念。”曾恺说。

“每人每天7000至8000新币。”

“天哪，相当于3万至4万人民币啊，每人每天？”

这的确是个富足美丽的精灵小镇。新西兰最为平常的蓝天白云，到了这里，似乎也沾上了仙气。云朵，像是童话里小矮人的白胡子，在微风中飘来飘去。漫山遍野的绿草，星星点点的牛羊，随处可见的花圃与菜园。

“你还能想像自己是国际投行的banker吗？”文西自觉已经陶醉在这“中土世界”了。

“投行是啥？美丽的阿尔温皇后？哈哈，至少你的耳朵像极了。”曾恺模仿绅士，右手放在心脏的位置，冲着文西深鞠一躬。

他们在小镇享用当地著名的烤羊排大餐，当晚在汉密尔顿的酒店留宿，第二天继续南行。

陶波湖，文西读书的时候来过一次。那是和一帮同学自驾上雪山滑雪。文西用打工挣的钱去拍卖场买了一辆二手福特，载着贾宁。对于陶波湖浩瀚的湖面和湖边的温泉，文西的记忆已有些模糊，因为那一路，她都在跟她的车较劲。由于上雪山的路面结冰，文西的车又没有很好的ABS装置，频繁出现打滑和溜车，把她和贾宁吓出了好几身冷汗。车速越来越慢，渐渐成了队尾。为了尽量不踩刹车，文西只能等着与前面同学的车拉开一定的距离后，再缓慢地加油冲上去。结果，等她和贾宁到达山顶滑雪场的时候，已经天黑，其他的同学已经在旅社里煮好饭了。

“这种练车技的机会可不是人人都有的。”现在每当有人夸赞她开车技术好的时候，文西心里其实有点后怕。

这次则不一样了，EMC专门租了奔驰GLK越野车，还聘请了经验老到的华人司机。越野车在雪山冰路上一路驰骋，如履平地。一天的时间，他们就参观了三个大型滑雪场。但这三个，似乎也不是令曾恺心仪的收购对象。

“滑雪场的盈利模式除了游客滑雪的直接消费，其实主要是房地产销售收入。我刚才路过几家房地产中介，发现这里的房价怎么这么低呢，完全不能和奥克兰甚至汉密尔顿相比。”曾恺不解地问。

“真不愧是普林斯顿的高才生，才来两天就摸清了这里的情况。”VP说，“陶波湖附近的房地产价格近年来不仅没有涨，甚至还跌了很多。主要原因还是供给大于需求，这个地区的房价在上个经济周期曾经历过‘虚高’，从而出现了过多的度假型房产。但那种房价是不可持续的，因为当地的人口并没有增加，而外地人越来越不热衷买专门用于度假的物业了。”

“是啊，而滑雪场本身是季节性因素很强的买卖，一年只有三四个月能营业。”曾恺看了看旁边的文西，想听听她的意见。

“除了这些，似乎这几家滑雪场的股权结构也不是很理想。有一家已被澳大利亚的娱乐公司控股，另外两家股东又过于分散。”

“是，几乎没有可操作性。”曾恺叹了口气。

跑了一天人困马乏，加上实际的情况和预期有差距，三人都挺郁闷。

“嗨，这点困难算啥啊，这不才看了两天嘛。咱们去吃点好的，Cheer up.（译文：高兴起来。）”这个时候，女人往往表现出强于男人的豁达与开朗。作为banker，三四年磨出一个项目算是正常，三四年耗在一个项目上最后被客户踹出承销团的事也不新鲜，眼前这点算什么呢。

三人选择了位于湖边的一家餐厅。这家餐厅不仅牛排远近闻名，而且位置绝佳，可以看到远处陶波国家公园的火山口。

“这湖面好大啊，完全望不到边。”曾恺坐下来，被眼前的美景震撼了。

“那当然，这是180年前巨大的火山爆发后形成的。说是湖，其实是个内陆海，面积几乎相当于一个新加坡。”VP看来是做了不少功课。

“哇哦。”

三人点了上等的新西兰菲力牛排，还有陶波湖新鲜的烤鳟鱼、沙拉。侍应请曾恺选一款红酒，曾恺表示想尝尝当地的酒，侍应推荐了最贵的一款新西兰葡萄酒，曾恺同意了。

不一会儿，侍应拿过来一瓶红葡萄酒，当着大家的面用酒刀熟练地打开，在曾恺的红酒杯里倒了少量，示意曾恺试酒。曾恺举起酒杯，先闻了闻，晃了几下，再观察了杯壁上挂的酒泪，之后举起杯喝了一口，把酒含在嘴里一秒钟，咽了下去。只见他迟疑了半秒，又咽了一下。

“这是黑皮诺，味道不是一般的好，难怪卖这么贵。”曾恺示意侍应给大家都倒上酒。他又喝了一口，闭上眼睛细细地品味，“有樱桃和草莓的果香，也有雪茄、蘑菇和湿土的香气，像优雅的fair lady（译文：淑女），也有complicated（译文：复杂的）成熟韵味。”

文西见曾恺这样地夸赞这款酒，也喝了一口，不知道是之前被曾恺渲染的，还是这酒真的好，味道的确妙极了。

“难怪卖得这么贵，这是什么牌子？”曾恺拿起酒瓶，“West Bay，这是什么牌？”他问。

“原来是西湾啊，这可是新西兰非常有名的葡萄酒，很神秘的一个品牌。”VP也喝了一口，然后凑到曾恺旁边看那个酒瓶。

“为什么说神秘？”曾恺的好奇心被调动起来了。

“当年库克船长发现新西兰的时候，先到达了这个海湾。据说这个地方云雾缭绕，如梦境一般，所以当时库克起名叫‘梦之湾’。后来人们改名为‘西湾’，因为它在著名的迪卡普湖以西。听说那里的温度和日照特别适合黑皮诺这种娇贵的葡萄生长。因为产量不大，所以很金贵。西湾酒庄以前属于一个法国贵族的后代，前几年听说他离奇地死了，也一直没有找到尸体。他去世以后，现在的酒庄主人十分低调，有人说是中国的一个隐富，也有人说是澳大利亚人，反正搞不清楚。”

“听起来的确挺神秘。”曾恺的脸微红，“有点意思。”说着看了文西一眼。

“这个地方我读书时并未去过，应该离南阿尔卑斯山不远，在山的东麓，所以才有独特的温度和日照条件。曾总有兴趣的话，我们去看看？”文西明白曾恺的心意。

“好，明天我们开MD的飞机过去，可以看到整个西湾的全貌。”VP说。

“另外，查一查这个酒庄的底细，发动投行的network（译文：关系网），我想知道这家酒庄的owner（译文：主人）到底是谁。”有了新的目标，曾恺的眼睛又放起了光。

（三）

陶波酒店行政套房里，文西洗了个热水澡，穿上睡袍，泡了一杯洋甘菊茶，站在窗前发呆。

窗外是文西从未见过的奇景：整个银河悬挂在夜空，像一座拱形的天桥。浩瀚的星带发出红色、黄色、白色和

蓝色的光，将整个天空照得通亮。银河的外缘，繁星闪烁。这银河和满天星斗倒映在平静的湖面上，一时竟分不清哪个是湖，哪个是天。她仿佛置身于一个奇幻世界，冲出了地球，直面宇宙。如此绚烂，却毫无声息。文西光着脚轻轻地把屋里的灯全关了，然后靠在超大而舒软的床上。她半干的长发本来被夹在靠枕和后背之间，渐渐感觉到后背有丝丝潮意，于是将小臂伸到脑后，把长发全捋到胸前。她用手机拍了一张夜景正要发给荣皓，吴淼请求微信视频。她坐起来先把灯扭开，然后点了接受。

“亲，你那里怎么样，什么时候回来？公司最近挺乱，凌理查到香港培训，叶肖恩借机安插了好几个人在你们部门，其中就有那个白可可，而且白好像在用你的团队。”

“白可可？你说是以前叶肖恩那个秘书吗？”

“对，就是她。大家都说跟叶肖恩的关系非比寻常，要不然怎么可能从秘书转成banker，而且还升这么快。”

“我在这边估计还要一周左右吧，不会回去都变天了吧？”

“你要有心理准备，不过许文迪这下有了劲敌，这两个女人已经开启互撕模式。”

“好吧。”

文西重新关了灯，她实在不愿用太多思虑去破坏此刻的心境。北京的事情，爱怎样就怎样吧，反正车到山前必有路。

照片发给荣皓后，他请求视频。

荣皓正在健身房跑步，穿着一件蓝白相间的运动衫，看上去就像刚从水里捞上来似的，头发都汗湿地一根根立了起来。汗水顺着头发、脸颊、脖子往下滴。“宝宝，你在干吗？星空真漂亮啊！”他一边跑，一边上气不接下气地说。

“想你呢。”文西羞涩地笑了，“你出了好多汗哦。”

“是，好久没运动了，一直加班，今天跑一跑，要保持身材啊，不然你回来我都成大胖子了。”

“天气好吗？”

“北京这几天桑拿天，不太舒服。你在北岛还是南岛，景色好美，看得我流口水。”

“我在床上躺着呢。床好大，特别舒服……”文西媚笑着。

“哎呀，不许诱惑我了，我在运动呢。”

“哈哈，就要逗你。哥哥，我好想你。”

“Me too，me too.（译文：我也是，我也是。）你好好的啊，我一会去你公寓看看。对了，我又买了两条金鱼。”

“嗯，不要太累，早点休息。我明天去南岛。”

“注意安全。Mua！”荣皓对着屏幕使劲亲了一下，二人收线。

第二天吃完早餐，文西和曾恺立即赶往附近的私人机场。VP和最新式的私人飞机已经在等他们了。

飞机载着他们爬升到高空，文西感到一点点眩晕。好在飞机内环境舒适，她倚在真皮沙发上，喝了一瓶果汁，清醒多了。从机窗向下俯瞰，坎特伯雷平原一马平川，跟北岛的山地形成鲜明的对比。越过库克雪山、米佛峡湾、皇后镇，层峦叠嶂的冰川、形状各异的湖泊尽收眼底。这些湖泊展示着不同的蓝色：有略微发绿的湖蓝，有纯纯粹粹的天蓝，有浅蓝，有宝蓝，也有好像墨汁般深的蓝。往另一个方向看，一片片青山、草地、树林、田野又诠释着不同的“绿”。文西感觉自己是到了另一个星球，太阳近在咫尺，发出耀眼的光芒。这光芒撒在雪原上，产生了强烈的反射光。如此强大的温暖的光就像是某种超自然的力量，在庇护这座星球。面对这样的自然、纯净、壮丽和秀美，人实在太过渺小。她双眼溢满了泪水，胸中充满着对造物主的敬畏和感恩。看到这样的奇观，也算不枉此生了。

“那片区域就是西湾了。”机长的话把众人的思绪都拉了回来。“就是南阿尔卑斯山和迪卡普湖之间的这个峡湾。”

“这里果然是烟雾缭绕，如果不仔细看，都看不到呢。”

“是，这里一边是皑皑雪山，一边是火山喷发形成的地热湖，简直就是冰与火的世界。”VP诙谐地解释道。

机长降低了些高度，“这里地势十分险峻啊，峡湾两侧有高大的灌木丛，著名的Wairau山谷就藏在灌木丛后面。”为了安全起见，机长建议不要再降低高度了，“今天云有点多，如果是晴朗的天气，我们可以再下去一些，就能看清葡萄园。”

飞机在西湾上方盘旋了十几分钟。“这大片的灌木丛应该清除，如果在这里建一些豪华别墅，如此独特的景色一定会卖出好价钱。”曾恺自言自语道。

“皇后镇的房价一直是整个国家最高的，可以说是出一套房子就卖出一套，房源太稀缺了。西湾比皇后镇的位置还要好，值得好好开发一番。”VP说。

“山谷旁边还可以建高尔夫球场。这里的潮湿度、地势、植被和小溪，太适合作为球场了。”曾恺和VP已经开始酝酿蓝图了。VP在各个角度都拍摄了照片，示意机长可以返航。

飞机降落在基督城机场。三人直接驱车到入住酒店的商务中心会议室进行讨论。VP从背包拿出装订好的介绍材料，递给文西和曾恺。“昨天晚上我们团队各方打听，这是关于西湾的信息汇总。”

文西浏览着这个PPT。前几页是关于西湾的面积、经纬度、葡萄种类等基本信息，后面是管理团队介绍。团队成员均没有照片资料。CEO一栏写的是Yifan Meng，男，出生日期一栏只写了双子座，其他均为不详。关于团队其他人员的介绍，从职位上看均是酒庄的营销人员，并不能算管理层，明显是仓促之下为了凑数，从网上找的一些资料填了上去。

曾恺皱了皱眉，“这份资料的信息量不够大啊，管理团队里怎么只有一个CEO，那COO、CFO呢？而且CEO除了姓名基本什么都没有。做收购最重要就是看管理层，光是这些怎么行？”

“真的查不出其他信息了吗？我以为咱们公司在这边还是有些实力的。”文西对VP这次的作业也很不满。

VP赶紧表示会继续挖掘信息，并当场给他的经理打电话严厉斥责了一番。文西不由得想起当年自己做经理时，每天加班加点还经常被老板和客户骂的情景，经常是忍着眼泪干活，回家趁没人的时候痛哭流涕作为发泄。某位同僚的那句名言“拿着卖白菜的钱，操着卖白粉的心”，就是她那时生活的真实写照。但如今站在团队负责人的位置上，感慨归感慨，手下人不得力的确也让她很窝火。

“曾总，如果这个信息是准确的，有一点至少可以基本确定，就是西湾的老板是中国人。是中国人的话，面对面沟通会更好。我们不妨直接发个meeting request（译文：会议邀请），求见这个Yifan Meng。”说着，文西拿起电话打给在奥克兰办公室的新西兰地区首席董事总经理Steven，对方表示会尽力找出跟西湾有关的高层，促成一次见面。

曾恺婉言谢绝了VP安排看其他标的的建议。文西太了解他了，他一旦有了目标，就会孤注一掷地追求，无论是感情还是工作，不达目的决不放弃，要不然他也不会成为富盛中国区最年轻的MD。西湾这个标的，看上去绝对是在新西兰能找到的不二之选，但文西的第六感告诉她，这个项目不会进行得太顺利。

（四）

既然曾恺不想考虑其他的候选标的，那目前能做的只有等待消息，看看是否能找机会一睹西湾掌门人的真面目。重返基督城，文西本想自由活动一天，去看看当年住的homestay。尽管只是相处了三个月的时间，但毕竟共同度过了一段难忘的日子。特别是2011年基督城连续发生大地震，人员伤亡较大，很多房屋被毁，不知道Eunice一家是否受到影响。文西有些担心。

但这一天她都没得消停。

清早，文西一睁开眼，习惯性地抓起黑莓浏览邮件。竟然有一封是来自HR的，通知她今天早上8点参加选拔MD的面试，面试官是叶肖恩。文西顿时睡意全无，一骨碌坐起来。这不是突然袭击吗？难道他们不知道我在南半球出差吗？幸好北京时间比新西兰晚4个小时。叶肖恩直接面试，分明是想趁凌理查不在，摆我一道。上次吴淼已经告诉她，新的MD会在文西、白可可和许文迪之间产生，看这情形，白可可是胜券在握了。文西看着这Email琢磨着，不参加这面试显然不合适，毕竟叶肖恩是公司的COO，不能得罪，参加明摆着是充当分母。兵来将挡水来土掩，索性陪叶君聊聊天，放松心态，降低预期。于是，她在黑莓上回复，由于自己在基督城出差，将以视频会议的形式参加面试，请HR同事协助安排北京方面的设备接入。

即使对结果的期望值很低，但既然参加，总要认真准备。这是文西一贯的行事作风。随便用了早餐，离视频面试还有三个小时。她猜不出这位COO会问什么样的问题，只能按照自己的思路，把进入EMC以来所做的项目梳理了一遍。文西列了一个矩阵，横向是各种技能，例如：建模、估值定价、行业分析、客户维护、投资者关系、承销团协调、团队建设等；纵向是按时间排序的项目履历。她也找出公司近期发布的战略认真读了几遍，同时思考着自己的职业规划。

还差一个小时的时候，文西换上参加正式会议才穿的黑色西服，把头发盘起，并简单化了淡妆。她不喜欢穿西服，觉得拘束，平时一般都选择浅色的商务套装。但今天这样的场合，还是中规中矩，不被挑刺为好。

视频准时开始，叶肖恩出现在屏幕上。文西在屏幕右上角的小窗里看见自己的脸。叶君看上去情绪不高，面对文西，毕竟是多年的老员工，态度倒是很友好。两人从这次出差开始谈起，文西介绍了自己来新西兰的考察行程，叶君表示这是个不错的方向，对于细节并没有追问。

“前两天我跟当年一起混华尔街的老哥们儿一起吃饭，被问了一个问题，我觉得很有意思。今天我来问问你。”叶肖恩说。

“哦，那一定是个有趣的问题。”文西心里咯噔一下，心想不会是什么脑筋急转弯的问题吧，自己从小可就不擅长这个。

“让和尚卖梳子，你认为最好的策略是什么？”

文西飞快地思索着：和尚，没有头发，不能用自己的经验说服别人。卖点能是什么呢？来不及太多思考，她回答说：“可以打质量牌，说明用于制作梳子的是珍惜木材，也可以让顾客试用感受商品的价值。”

“这些当然都可以。当时那老兄的答案是‘高僧开过光的梳子’。怎么样，脑洞很大吧。”叶肖恩笑了一下。

“这真是很妙的回答，给梳子赋予了极高的附加价值。”文西有点尴尬，自己应该能想到的。

“再问你一个问题，如果时间可以倒流，给你两亿元人民币，或者回到25岁，你会选择哪个？”

文西心说，这都是什么怪问题，看来准备了一上午的公司战略、个人职业规划什么的根本不沾边。“您说的回到25岁，是指忘记现在的一切吗？”

“是，回到你25岁的时候，没有这十年的任何记忆和积累。”

“那，我选择两亿元吧。因为我觉得这十年的人生经历，不管好坏，都是宝贵的财富，即便再重来一次，也不一定会比现在好多少。”

“嗯，你真是个务实的人。我问过很多人，基本上得到的回答都是回到25岁。”

“不同层面的人衡量事物的价值标准不同，就会有不同的选择。您接触的都是些投行大佬，财富的增加对他们已无太大意义。”

“回到25岁，意味着一次重新选择人生的机会。选择本身就是价值，所以才会有Option（译文：期权）这种东西。比如两个人在海边打鱼，一个是渔民，另一个是退休的富翁。打鱼这件事给富翁带来的价值更大，因为是他可以选择打鱼，他也可以选择别的；但渔民没有选择。”

“那如果让您再次选择，还会进投行吗？”文西问。

“这个问题问得很好，我不知道，也许不会。”叶肖恩说。

“为什么呢？”

“文西，你在这行也摸爬滚打了十年，这个问题我相信你也有自己的答案。”

“如果回到25岁，又无法带回这十年的记忆，可能还是会重蹈当年覆辙。”文西笑着说，“所以选择太多有时候也未必是好事啦。”心想真够倒霉的，叶肖恩今天问的问题，她的回答都不合他的意。

“很好，文西。看着你一路成长起来，勤奋、专业、有责任心，公司为有你这样的团队负责人感到骄傲，祝你好运！”面试一共不到二十分钟就结束了。文西走回酒店，呼吸着户外的空气，一身轻松，血液回流到胃里，感觉到饿了，早餐没怎么吃，中午要好好补补。

她刚脱下那身呆板的黑西装，盘算着去哪里吃午餐。电话铃声大作，一看是梅思思。文西来不及穿上别的衣服，赶紧抄起睡袍套上，接通了电话。

“怎么这么早就来电话了，不上班吗？”文西觉得奇怪。

“公司发生了一件极其八卦的事情，我忍不住要告诉你。”听起来梅思思还没到单位，有嘈杂的各种车喇叭的声音。

“八卦？”

“有人在海角网发了一个帖子，‘投行大佬包养秘书，三年养成副总裁’把叶肖恩和白可可的老底揭了：他们从何时开始在一起，时间地点，甚至各种细节，还有他们是如何一起谋划排挤公司的一些老人儿，使白可可从秘书摇身一变成为banker，并且节节高升的来龙去脉，全是猛料啊。”

“这是什么时候的事？”文西问。

“我是今天一早看到的，帖子是昨晚挂的，估计很多人当时就看到了。”

“会是什么人干的呢？”

“不用说，一定是内部人啊，不然怎么会了解得这么详细。”梅思思的语气有点愤愤不平，“被他们排挤走的那些人，还有留下来忍气吞声但又看不惯的人。”

“我今天早上刚跟叶肖恩面试完，怪不得看他有点颓废。”文西无奈地说，“撞在枪口上了，本来就没戏，这下绝没有好结果。”

“什么？叶肖恩面试你？刚刚？”

“是啊，HR昨天发来的邮件，MD选拔面试。”

“那他都面了你神马？”

“问了我几个问题，我基本是不着边际地胡侃，时间很短，也就20分钟吧。”

“我打包票他已经知道帖子的事了。”梅思思说。

“我想也是的。”

“不知道接下来他和白可可要如何自处，公司又要怎么平息这件事。”

“这种事情其实也没什么大不了啊，又不影响公司业务，只是一些人的感情纠葛而已。再说了叶是高层，为了点儿女情长的事，公司不会动他的。”文西倒是很平静，她想着刚才被问的关于选择的问题，似乎意味深长。

“你说得对，拭目以待吧，至少短期内先挫挫他们的锐气。”

“嗯，这件事会很快过去的。”文西打了个哈欠。

放下电话，她懒得再换衣服出门，穿着浴袍在房间里走了两圈，还是饿，就去翻书桌上酒店送餐服务的菜单。

种类不多，基本是西式简餐。文西看了一遍配图，稍微能让她有点食欲的就是Fish & Chips（译文：炸鱼和薯条）了。她打电话点了一份。文西很少吃油炸食品，长这么大，吃鱼和薯条的次数，少得她一双手就能数得过来。文西比较着各地的鱼和薯条，还是新西兰的最好吃。油没有那么大，炸鱼外面的皮不是太厚，薯条也香甜。这一瞬间，她忽然想起了孟一楠。离开南岛之前，开着跑车去法国小镇Akaroa，请她吃鱼和薯条的那个孟一楠。

大概十五分钟后，服务员敲门，推进来一辆小小的餐车。他毕恭毕敬，小心翼翼地把餐车上每一样东西移到房间的餐桌上：主菜是热腾腾的鱼和薯条，餐盘上盖着不锈钢盖子。一起端上来的还有蔬菜沙拉、水果和咖啡，好几瓶精致的各类调料，以及盐和胡椒。文西看着这满桌的杯盘碗盏，竟不知道从何下手。她其实只是要了一盘鱼和薯条。

当年孟一楠排队买回来的是一个报纸包成的包，摸上去很烫。两人在Akaroa的栈桥上找了个长椅坐下，打开纸包，渗出的油渍和报纸的油墨混合在一起。“怎么用报纸包啊，多不卫生。”文西开始有点嫌弃。“这里都是这么吃的啊，你看这报纸还是今天的呢，油墨多新鲜，哈哈。”孟一楠说着大嚼起薯条来。

文西没有打开餐布裹着的刀叉。她从众多瓶瓶罐罐中找到番茄酱，倒了一团在盘子边上，又撒了一点桌盐，抱着盘子，盘腿窝在沙发里，用右手的拇指和食指把鱼掰成几块，蘸少许番茄酱送进嘴里，最后再心满意足地把这两根灵活的手指嘬得干干净净。

除了孟一楠，她也想起当时留学一起玩耍的那些小伙伴。这些人现在都在干吗呢？有一些估计是这辈子都不会再见到了。她也想起了贾宁。文西去英国后，贾宁去了澳大利亚读硕士，后来两人通过两次电话。一次是贾宁说她和一个当地同学结婚了，一次是说她加入了四大会计师事务所中的一家，要从墨尔本搬到悉尼去。再后来就没有任何联络了。

（五）

当孟一楠再次出现在面前，文西觉得自己穿越了。她发现自己竟然清晰地记得他消失那天的每一个细节，甚至是自己的每一个心理活动。这会子孟一楠突然“冒”了出来，仿佛这十几年的光景就是文西打盹做的一个梦。梦醒了，孟一楠站在那，跟文西说，他就是孟亦凡，西湾的主人。

Steven是通过新西兰酒业协会的主席联系到了孟亦凡的，“他们告诉我有人想收购西湾，并且告诉了我EMC参会人员都有谁。”孟亦凡后来跟文西叙述了过程。

“他们告诉你我来了吗？”文西问。

“是的，我开始不相信真的是你，大致打听了你的经历；奥大商学院的，2004年本科毕业考入剑桥读硕士，2006年学成回国，我估计没有第二个文西了。”

孟亦凡接受了Steven的会议邀请，说他自己来基督城EMC的办公室，但只见文西。他第一个到了会场，站在基督城市中心最高的建筑物顶层会议室里，望向窗外。文西推门进来的时候，他把头转向她，微笑。文西看见他，不相信地歪了歪头，以为自己视力退化，眯着眼睛仔细看了几眼，不确定地小声问：“孟……一楠？”孟亦凡点点头，文西摇摇头。文西走过去，想要捶他肩膀，挥起拳头快要触及他的瞬间却张开五指落下，握住了孟亦凡的右手。“孟总你好！”

“好久不见！”孟亦凡轻轻地搂了一下文西的肩。

两人同时沉默了大约半分钟。面对这样的重逢，都不知道该先说什么好。文西有一肚子的疑问，但时隔多年，实在不好意思上来就刨根问底。

孟亦凡，长着孟一楠的脸，还是眉眼深邃，英俊白净，那股帅气依然，但多了成熟、内敛、忧郁。他再也不是那个在超市通道偷袭自己的男孩了。当年的孟一楠是个时髦的留学生，他喜欢穿破洞的牛仔裤、深颜色有点紧身的T恤衫。他甚至在左耳穿了耳洞，因为没遵守医生“一个月不能摘原配耳钉”的医嘱而发炎化脓。为此文西笑话了他，还把从国内带的红霉素消炎膏给了他一支。他喜欢学洋人，在头发上打很多发蜡，额头上面的头发被高高地搓起。文西也笑话过他，说这个造型像铁壁阿童木。他还喷香水，文西又因此而笑话过他。现在的孟亦凡，短发清新自然，耳洞根本看不出来，估计早就长上了。他穿着藏蓝色的休闲西裤，休闲而不松垮，考究的剪裁突出了他良好的腿形；米色暗纹衬衫，下摆塞进裤子里，外面套了件拼接式的羊绒衫。这样的装束在纽村绝对算得上是时尚先锋了。现在的孟亦凡，经常沉默。现在的孟亦凡，是新西兰顶级酒庄西湾的主人。

文西开始怀疑自己是梦醒了，还是进入了另一个梦。

孟亦凡邀请文西去西湾小住两天，“了解一下酒庄的生活”。当然，只邀请了她一个人。说走就走，文西回房间简单收拾了洗漱用品和几件换洗衣服，装进双肩包，背上行囊出发了。司机将二人送到机场，他们换乘孟亦凡的私人飞机去西湾。孟亦凡一路无话，文西好几次想制造些话题，但还是忍住了。她想，会不会是他在酝酿着一场倾诉，还是有些事需要太多的勇气才能说得出口。

飞机徐徐升起，向南开去。云时多时少，今天的天气比上次晴朗。灌木丛、湖泊、峡湾逐渐进入视野。“我离开奥克兰就来到了这里。”孟亦凡说。

“你失踪那天，就是来了这里吗？”文西试探性地挑起话题。

“是。我那天一大早就飞过来了。”孟亦凡停了一下，继续说，“那是个周一，之前那个周末，我父母先来到了这里。”

“当时你跟我提过的。你突然消失，我想了各种可能性，估计你是去找伯父伯母了。那他们现在怎样，还在西湾吗？”

“他们……还在西湾。事实上，他们……去世了。在我离开奥克兰的前一天。”孟亦凡的左手拇指一直在搓自己右臂的肘关节，像是要把皮搓破似的。他的脸上没有任何表情，面部肌肉都紧绷绷的，“我爸买下了西湾，他和我妈是过来签约的。签约仪式后，他们一起坐直升机巡视葡萄园，飞机失事了……”说到这里，孟亦凡的手指停止了搓动。他集中所有的精神，努力不让自己的情绪失控。

文西鼻子发酸，潮湿了眼眶。她看着孟亦凡紧绷的面部，从沙发上起身，在他身旁坐下来，用力握住他的双手。孟亦凡突然哭了起来，微小而短促的哭声，却倾泻出巨大的能量和情绪。文西第一次见到一个男人如此哭泣，悲恸、无助、绝望。在她眼里，孟一楠是个单纯、善良、快乐的纨绔子弟，一个被父母宠坏的大男孩。他似乎从无烦恼，没有经济上的压力，学习上也随遇而安。这样的变故对他的人生无疑是毁灭性的。这样的变故对谁的人生又不是毁灭性的呢？文西想到自己独在异乡留学时，常因想家而哭泣，给父母写信曾是她唯一的精神寄托。即使是现在，虽已过而立之年，仍不敢想像父母有一天会离开自己。她看着抽泣不止的孟亦凡，不知所措，不知所云，只能默默抱住他。

“飞机坠入了山谷，当时机上有四个人，我父母，前任酒庄主，还有一个翻译。后来直升机的残骸在河里找到，只有翻译的尸体被打捞上来。”孟亦凡止住了哭泣，但还带着哭腔。

“那你父母呢？”文西问。

“他们三个始终都没有找到。”孟亦凡轻叹一口气，“所以我一度以为他们还活着，直到现在，我还有错觉，他们在西湾的某处隐居着。”他指着灌木丛后面的山谷，“那就是他们坠机的地方。”

“我真的，真的很抱歉，孟一楠。我不能想像你是怎么走过来的，你应该跟我们联系啊。”

“当时的感觉就是，我被整个世界抛弃了。救援队走了以后，我疯了一样到处找他们，每天去那个山谷。我不吃饭、不睡觉、不说话，这样的状态维持了一段时间。直到酒农们找到我，因为酒庄生意濒临崩溃。”

“你的父母一定会为你骄傲的。”

“这真是上天跟我开的莫大的玩笑。你知道我的，我以前什么都不懂，每天只知道吃吃喝喝，做做咖啡，有一搭无一搭上上课。但这件事发生以后，我真的特别有使命感，一分钟都不敢懈怠，我发誓要好好经营他们留给我的这个酒庄。”

“你做到了，You made it.（译文：你做到了。）”

“文西，我跟你讲这些，你能理解吗？我不能把它卖掉。”孟亦凡有些激动，“他们在这里，我得守着这个地方。”

“我懂，孟一楠。哦，不，孟亦凡。”

这是文西第一次住在酒庄里，西湾有155公顷葡萄园，住着十户酒农，跟孟亦凡的关系“就像家人”。他带着文西去葡萄园参观，去酒窖试酒。酒农们都以为文西是他的女朋友。“是好朋友，老同学。”他总是不好意思地解释一番。西湾的傍晚，温度渐低，孟亦凡找了件薄羽绒服给文西披上，两人吃过晚餐后，在离峡湾不远的葡萄园里散步。

“你有多久没回国了？这里的空气，真是太好了。”文西把手搓热，放在脸上，并把羽绒服裹紧一些。

“很多年没回去过了。我父母来之前，国内的生意基本卖掉了，所以没有什么需要我处理的。这里很好不是吗？”

“酒庄的生活太闲适了。”

“你看到的只是表面现象。呵呵，这是你来了，陪你转转，其实平时还是很忙的。”孟亦凡指着葡萄藤上的一串串挂果说，“总有这样那样的情况发生，每年都不一样，也要不断学习。”他挠了挠头，“很有意思的，你要是有兴趣，可以过来试试。”

“等我退休吧，我过来给你当帮手。每天研究葡萄，试试酒，每晚带着微醺入睡，做美梦。哈，听起来不错呦。”

“那可说好了，不许食言哦，你会爱上这里的。”

（六）

在回北京的飞机上，曾恺一直想跟文西讨论西湾的情况。文西从酒庄回来以后，他俩还没有好好交流过。这个孟亦凡和文西显然是相当有交情，那事情就更好办了。在曾恺看来，所有的交易无非是价格问题。他让空乘开了一瓶法国红酒，递给文西一杯。文西把酒放在小桌板上，并没有喝。她看完《人类简史》后，开始看另一部畅销书《岛上书店》。

曾恺呷了一口红酒：“这比西湾的差远了。”好像是自言自语，又好像是说给文西听的。他知道她是个对外界特别敏感的人，即使是在看书，周围发生的一切，都逃不过她的眼睛。这样的人或许是天生缺乏安全感，时刻处在警觉的状态。以前他俩住在一起的时候，第二天早晨醒来，她总是能准确地说出他几点关的电视，夜里起来几次，是上厕所还是关窗。

文西看到一个章节结束，关上了kindle。“曾恺，我们再找别的标的吧。西湾，恐怕是做不成的。”她很小声地说，算是回应。

“为什么？！”曾恺对她这么简单直接地说“不”表现出不解和不满，“你跟孟亦凡去转了两天，不是去考察的吗，回来却说做不成？文西，这实在不是专业的banker该说的话。”

“你觉得在飞机上讨论项目是专业的banker该做的吗？”文西毫不示弱地回击，她认为曾恺有时候简直不可理喻。

曾恺不再说话。入行的时候，他们都经过严格的培训，那些在飞机上泄露商业秘密的案例他铭记在心。文西去西湾的时候，他去了趟澳大利亚的阿德莱德。以前富盛的同事，邀请他去看几个矿业的项目。他脑子里盘算着那几个矿的事，暂时偃旗息鼓，打算到了北京再和文西理论。

飞机落地后，二人直奔EMC办公室，与新西兰办公室的MD和VP进行电话会，目的是就西湾的事情给大家一个交代。“西湾地理上的情况与我们之前材料里写的差不多，商业方面的价值我们之前已经探讨过了。但现在的情况是，庄园主没有出售的计划，而且比较坚决。”

“关于管理层的情况，你摸到了多少？”曾恺问。

“孟亦凡，跟我同岁，与我在奥大时同学了一年，后来从父母那继承了西湾酒庄。哦，顺便说下，他不是双子座的。”文西接着说，“这个酒庄承载着对故去的双亲的深情，所以恐怕我们没法说服他割舍……大致情况就是这样，谢谢大家，我们将持续挖掘这个国家其他有趣的项目。”

曾恺听不下去了，“我不同意放弃西湾。我们已经做了很多努力，而且很有希望。文总，我认为你没有很好地传达我们集团收购西湾的诚意，以及开发西湾的战略规划。”

“曾总，我刚才已经说了西湾的情况比较特殊。孟先生本人并没有想要把酒庄交给别人去开发，那里是他的情感寄托。”文西耐着性子解释道。

“文总，请你搞清楚。现在我是买方，你们EMC是中介。投行是干什么的？banker是做什么的？如果所有的项目都那么容易促成的话，我为什么要找你们，为什么要付你们那么昂贵的佣金？”

“曾总，我刚才已经说了，我们会继续帮助你挖掘项目，直到你满意为止。”文西按下电话会议系统的Mute（译文：无声）键。

“文西，你专业一点好不好？做项目，要想尽一切办法make it happen（译文：使之发生），要不然你就永远只能停留在执行任务层面，永远成不了投行家。”

“你说的没错，曾恺，但是要看情况吧。你难道没有一点，人文情怀吗？投行家就没有怜悯心吗？”文西摊开双手，睁大了眼睛看着曾恺，眉毛挑了起来。

“这跟什么情怀、怜悯没有关系。由我们买下并开发西湾对孟亦凡来说是很好的机会，这是‘双赢’。他可以留任管理层，薪水也会很优厚，这样不是也轻松很多么。我看他现在完全是惨淡经营，苦苦维持而已。”

“曾恺，在商业方面你聪明绝顶，有远见，有执行力，但你的‘双赢’理论，抱歉我无法苟同，这只是你单方面的价值观。”文西想起了在奥克兰时曾恺提到的“双赢”。

“Come on（译文：得了吧）文西。你在投行做到ED，现在来指责我的价值观吗？你今年也想升职成为MD不是吗？如果失去西湾，失去我们集团这个客户，你觉得EMC那帮人会因为你的情怀和怜悯给你升职？你以为凌理查是你的老板就会替你说话？你太幼稚了。我们分开那么多年，我发现你一点长进都没有。你有时候看上去很聪明，实际上依赖性特别强。你以为你依赖的人理所应当帮助你吗？这世界上没有什么理所应当，除非你用利益来交换。”曾恺面红耳赤，他之前在集团总裁面前立下军令状，今年之内在海外至少做成一笔华丽的收购。西湾是他看过觉得最合适的标的。他心里清楚，初来乍到大麦金融这个地方，要想奠定自己的位置，必须得做出几个漂亮的项目，不然也对不起那上千万的年薪。

文西何尝不明白曾恺的心思，“我是否能升MD，不劳曾总操心。凌理查那边我自然会去述职，相信他对我的团队在服务客户方面的态度和能力会有客观的评价。至于西湾，作为EMC该项目的负责人，我退出。您可以另请高明。”文西把会议室的门打开，叫自己的秘书准备下一个会议，示意曾恺该离开了。

曾恺抄起刚才脱下的西装外套，并一把拽过行李箱拉杆，朝门口走去，“西湾收购成功庆典之时，我会请你的。”他经过文西，冷冷地甩出这句。

……

荣皓把文西摞在自己的身上，她的嘴唇贴着他的右耳耳垂，两个人都闭着眼睛。文西轻轻地给他讲着《岛上书店》里的故事。她按照自己的方式，有时省略一部分情节，有时候又加上一些自己的概括和评论，有时忘了前后顺序，讲不下去的时候就亲一下荣皓的耳朵。

“……玛雅越长越大，男主人公，就是书店的主人，给她报了一个舞蹈班。他带她去上课，老师是一个六十多岁的退休舞蹈女演员。因为带孩子来上课的男家长不多，这个老师就抓男主人公当壮丁干一些体力活，一来二去，觉得他是个不错的人，建议他再找个女人过日子。男主说，他现在过得很好，有工作，也有小女儿。女老师说，孩子会长大离他而去，工作只是谋生的手段，没有什么比一个温热的身体来得重要了。”讲到这，文西停顿了下来。荣皓夹紧环抱文西的双臂，把脸侧向右边，循着她的呼吸找到她的嘴唇，两人吻了一会，都慢慢睁开眼，看着对方。“你就是我温热的身体。”荣皓略带睡意，柔声说。“你也是我的。”文西回应道。

荣皓的女儿去参加暑期夏令营了，因此这段时间他可以陪伴文西，文西很开心。周末，两人趁上午不太热出去散步。北京东边适合漫步的地方也就是朝阳公园了。清早人不多，他俩大步流星，走得很快。不到一个小时，荣皓早已汗涔涔，而文西是不爱出汗的体质，衣服并没湿，看上去皮肤细润。两人走到公园的人工湖边，文西想离水近一点，荣皓把她往回拉，说是蚊子太多。

“听说凌理查马上就回来了。”荣皓蹲下去，揪了一根杂草，两只手拧着那根草玩。

“荣总消息很灵通啊，有内线？是谁？还不快从实招来？”文西绕到他的背后，捏着他的肩膀，捏也不好好捏，撑着他往上跳。荣皓略有重心不稳，左脚往外错了一步，又重新找到平衡。

“网上的帖子你看了吧。我估计你的那些姐们儿早就跟你八卦过了。”他边说边继续玩那根草。

“是，我看了。这事都这么多年了，现在这个当口，应该是有人指使的。嗨，不管怎样吧，哥哥，你对我的期望看来我是完不成了。”文西打了个水漂儿。

“我对你什么期望？我只希望你健康、快乐。”

正说着，电话响了，他从裤兜里掏出手机，接通之后就一直说方言，估计是老家打来的。文西能听懂一点上海话，但荣皓说的家乡话，她觉得像外星语。

“是我妈打来的。”荣皓放下手机，耸了耸肩，“她要过来住一段时间。”

文西听罢，无奈地白了他一眼，径自走开了。

“来了就见见呗。”荣皓冲她喊。

（七）

能跟吴淼和梅思思凑在一起真是难得，即使三人是在同一家公司共事。女人是最重色轻友的动物，如果和另一半感情稳定，通常不会频繁找闺蜜聚会，而一旦那男人滚出了自己的生活，闺蜜的作用就马上体现出来：出主意，解烦忧，无怨无悔充当临时保镖+饭票，直到下一个男人的出现。三个人上次聚会起码是半年前的事了，那会儿Tony李还没出现。这次为了好好聊天，文西特别预定了位于紫禁城外的“法楼”下午茶。梅思思的长卷发染成玫瑰金的颜色，显得皮肤更加白皙；吴淼还是中性打扮，气色调养得不错；文西并未刻意打扮，白T恤配阔腿裤，和她俩相比，显得风尘仆仆。三人点了草莓和芒果口味的马卡龙，文西要了伯爵茶，梅思思要了一杯不加糖不加奶的美式咖啡，吴淼说她戒了咖啡因，只喝白开水。

“皮肤状态很好嘛，一看就是有爱情滋润哦。”文西和吴淼称赞着梅思思的变化。女人们的对话通常都是从交流护肤心得开始的。

“我最近用了美国的一个植物品牌，觉得还不错诶，回头你们也试试。”梅思思说着用手机找到该品牌的代购给她们看。

“我下个月要去冰岛度假，你们有啥要带的，可要早点跟我打招呼呦。”吴淼说。

“冰岛？有啥可带的？你带个帅哥回来吧。”梅思思笑着说。

“你还真别说，没准儿啊。我前几天去雍和宫卜了一卦。”

“你会去算命？吴大律师什么时候变得这么迷信了？”文西吃了一口草莓味的马卡龙，说道。

“那算命的怎么说？”梅思思迫不及待地问。

“他说我会带回来一个。”吴淼一副神秘兮兮的样子。

三人很快说到见男朋友家长的事。

“前几天你电话里不是说这周末去Tony李家吗，我还以为你没空接见我们了呢。”吴淼咬了一小口芒果味的马卡龙，慢慢地嚼着说。

“他生病了，急性肠胃炎，不停地拉肚子。所以改下周了。”梅思思的表情是有点失望。她问文西：“你的大叔提出带你见父母了吗？”

“他妈妈要过来住一段时间，他爸爸早去世了。他倒是提出让我见见他妈。”文西的表情是极不情愿。“但我感觉他妈这次来，指不定出什么幺蛾子呢。”

“他妈知道他离婚的事吗？”吴淼给文西的杯里添了些茶。

“知道有一阵子了，不知道这次是不是冲这个来的。”文西喝了一口茶，“不提这个了。思思，你那个小男友，我怎么老觉得不靠谱。我让曾恺查了一下，富盛纽约貌似没这个人啊。他推三阻四不让你去他们家，关键时刻拉肚子，这也太巧了吧。”

“听上去的确蹊跷。”吴淼附和道。

“我跟Tony开诚布公地谈过了。他说那个房子，现在他前妻要的价格比较高，所以还没卖出去，他有时候会过去看一下。上次给我看了他的离婚公证书，还有美国大使馆提供的单身证明。”梅思思说。

“他并不是美国籍啊，而且不是连绿卡都放弃了吗？美国驻中国大使馆怎么会为他提供单身证明？”吴淼皱了皱眉头。

“他说大使馆本来是不给开这个证明的，但因为他是回国以后在大使馆办理的放弃绿卡手续，认识里面的一些officer（译文：官员），好说歹说人家才给开的。”

“这听上去太不可思议了，大使馆的officer是这么随便给开证明信的吗？在大使馆放弃绿卡？这听上去也怪怪的。他给你的公证书有什么异常？”吴淼继续追问。

“我看了看，是他们离婚协议书的公证件，上面有他和前妻的签名，以及律师的签字。”

“有公证号、公证人签名和签章吗？”

“都有，应该跟你们当初出国时做的公证书差不多。”

“他把原件给你了？”

“并没有，但我暗中拍了照。”

“想不到你这么卡哇伊的妹子，也有两下子嘛。”吴淼赞许道。

“防人之心不可无嘛。我其实心里也犯嘀咕，所以一定要去他家探探虚实。”梅思思说。

“我真是不理解你了，一边这样怀疑他，一边还这么喜欢他，何苦呢？”文西说。

“受虐倾向吧，呵呵。你不也一样，你和荣大叔，不也是纠结着：病孩子+死缠烂打的前妻，现在再来一个老妈。就算是上市公司的CFO，挣的未必有你多吧？”梅思思以攻为守地捍卫着自己的爱情，句句戳中文西要害。

“荣皓，的确是，负担很重。但跟Tony的情况不同，本质上的不同。”文西看着梅思思，很认真地说，“你不是有公证书的照片吗？可以去查一下这个公证是否属实，现在作假的太多。荣皓固然有他的问题，但我们还算是知根知底。Tony如果还要各种花活不带你去见父母，至少说明对你不认真。他比你小，如果真的在乎你，应该要尽快娶你。”

“那也没这么绝对吧，毕竟他离过一次婚，可能对再婚很谨慎了。”梅思思坚持替自己的爱人辩护。

“我突然想起一句话，男人如果爱一个女人就会带她见他妈，女人如果爱一个男人，就……”吴淼突然意识到有些不妥，把后半句稀里呼噜含混过去。

“女人如果爱男人就怎样？怎么不说了？”

“哎呀，不好意思啦，在这么高雅的地方。”

“快说，快说，现在，马上，立刻，说！”两个人对吴淼又掐又捏又胳肢。

吴淼禁不住她俩一番折腾，满脸通红，让文西和梅思思凑近些，用手捂着嘴，用几乎听不到的声音说：“就让他射进去……”

“噗……啊，哈哈哈。”梅思思听罢，忍不住把刚送到嘴里的小半口黑咖啡全喷了出来，仰天大笑。周围的人纷纷看着她们这桌。文西抿着嘴尴尬地笑，示意她收敛一点。

“你别说，话糙理不糙，还真是这么回事。”文西使劲用叉子挑了大半块马卡龙塞进嘴里，啧啧点头。

（八）

周一一早文西到办公室开早会，凌理查坐回了自己的位置，叶肖恩却没有出现。会后，凌理查把文西叫到办公室。

“此行去新西兰如何？听曾恺说好像不太顺利？”

“嗯，看来他是跟你告我的状了？”

“文西，这不是你跟曾恺个人的事，是EMC和大麦金融之间的deal（译文：生意），所以我希望你全力以赴。目前国内市场比较低迷，我想让你重点负责海外并购这边。正在跟进的其他项目，你忙不过来的话，分给文迪一部分。”

“你要把哪些项目分给许文迪呢？我现在手里的几个，可都是跟了好几年的客户啊，而且项目都到了节骨眼上。团队稳定性是客户很看重的，如果现在项目负责人换新面孔，不太好吧。”

“那先过渡一段时间好了，你们两个都去参加拟上市公司例会。这些客户也都是EMC的客户，你们谁当leader（译文：领导）都是一样的。你们两个是我部最得力的

ED，将来一个主打海外，一个主打境内，这也是公司管理委员会的战略安排。”

从凌理查屋里出来，文西正碰见许文迪。她无名指上的2克拉钻戒在办公室的灯光下闪得人眼花。两位互相点了个头，文西立即移开视线。她不想寒暄，直接回到自己的办公室。看到吴淼的微信说，梅思思打算下午请假去公证处一趟，求吴淼陪她去，给她壮壮胆。

根据梅思思拍下的公证书上的信息，二人打车到西城区公证处。一路上，思思很紧张。下了车，她在公证处门口不敢进去。“要不我们走吧，我估计人家不给查的。”思思声音小得像蚊鸣。

“既然来了就问问嘛，你不是心里一直嘀咕吗？查出来如果是真的，你们就好好交往。万一是假的，你就赶紧抽身出来，还不算晚。”吴淼一边鼓励她，一边推着她，进了公证处大门。

公证处的办事人员看了梅思思拍摄的照片，按照上面的公证号码进行了查询，的确是一个有效的公证，已存档，但内容查不到。思思闻此，整个人轻松了好多。“所以确实是在这里做的公证对吗，能看到是什么人办理的吗？”吴淼问。

办事员说了一个人名，但不是Tony李，也不是离婚协议书里写的任何一个相关人员。“从编号上来看，这是一份外文公证。”办事员说。

“外文公证？什么意思？”

“就是公证内容是外文的，一般是跟外事有关。”

“哦？”

“离婚协议书一般不需要公证，两人若在民政局正式离婚，应该有离婚证啊。”办事员说。

“据说他们是在国外登记的，后来回国离婚，所以没有民政局的离婚证。”思思解释说。

办事员表示只能查到这么多了。

“公章呢？照片上好像是一般印章，我们出具的都是钢印。”办事员补充道。

“对啊，我们以前出国做的公证好像都是钢印的。”吴淼一说，梅思思又开始紧张了。

从公证处出来，吴淼看思思脸色不好，提议附近找个地方坐坐，喝点东西。马路斜对面有家小咖啡厅，这个时间咖啡厅很冷清，只有她们两个客人。

“我不喝咖啡了，心跳过速。”思思捂着胸口说。

“我们随便要点水果茶吧。”

点了一壶蜂蜜柚子茶，没想到甜得发腻，她们只好又要了白开水。

“看来公证书是肯定有问题的了，极有可能是套了别的公证号，然后找人做的假公证书。”吴淼说完，一口气喝完了整杯水。

“我不相信他会骗我，他为什么要费尽心机骗我呢，一定有隐情。”思思重复地说道，“他为何要编个假的离婚协议书，做假的签字，还去找个别人的公证号，做假公证呢，为什么呢？图什么呢？”

“不知道，很难理解。可能他是太喜欢你了吧。”吴淼说出这句，马上后悔了，因为这句话让思思心软了。

“他这样喜欢我，我起码该给他个解释的机会吧。”

“唉，难道现在的事实还不能让你死心吗？你可真是不撞南墙不回头啊。这样吧，时间还早，反正请了一下午的假。咱们去他那小区看看吧，说不定有进一步线索。”

思思虽不情愿，但还是答应了。

鑫园小区，下午三点多，鲜有人出入。吴梅二人在小区门口徘徊了一会，看不出啥名堂。吴淼灵机一动，拉着思思去了小区旁边的地产中介公司。她找到一个面善的中介小伙子，说自己想买这小区的房子。小伙子自然非常热情地介绍起来。

“这小区的房子很抢手的，最近交易量很大。”

“是啊。哎，对了，我有个朋友好像就住在这个小区，正在通过你们卖房子呢。我正好今天有空，能不能顺便去看看啊？”

“说不定可以啊。他门牌号多少？”

“门牌号我记不太清，不过我有他手机号，可以查到的吧？”

“我可以试试，这个小区的房主信息我们系统里基本都有呢。”

思思给了中介Tony李的手机号，小伙子果然查出了这套房。“B座二层4号，房主是李晨。”

“对，对，就是他。”

“但这套房并没有登记在出售啊。”

“真的没有吗？会不会是别家中介代理呢？”

“应该不会，即使有别家代理，我们这儿应该也是看得到的。”

“那在出租吗？”

“也没有出租过的记录，看样子是自住房。”

房子过户给前妻，正在出售的说法也被证伪了。但梅思思的侥幸心理仍在作祟。她认为中介的信息很可能不准确，不及时，有可能是房子过户给了前妻，但中介这边并没有更新房主姓名。无论如何，门牌号码是很有价值的信息。她俩回到小区门口，跟着三三两两的下班回家的人混了进去。根据中介小伙子的介绍，B座在小区的西北角，二层4号的阳台，朝南对着后花园。这是一套两室一厅的向阳房，明厨明卫，客厅的落地窗外就是阳台，户型还不错。阳台和卫生间的窗户隐藏在几棵树当中。一辆工程车停在后花园的花坛边，两人正好躲在车旁。

“卫生间的窗户是打开的，阳台上好像也晾了东西，说明有人住。”吴淼说。

“看不太清楚啊，里面好像有人影晃动。我们会不会被发现啊？”梅思思躲在吴淼身后，“你这远视眼看清啥没有？人影是男的还是女的？”

“看不清，现在是白天，屋里太暗，阳台上晾衣架花花绿绿的，像是小孩的衣服。”吴淼眯着左眼，用她另一只远视眼，使劲看。

“小孩衣服？不会吧，他说没有小孩啊！”思思惊讶道。

“事到如今你还相信他说的？”吴淼回过头来狠狠瞪了思思一眼，觉得她简直无可救药。“我看晾的就是小孩衣服，现在外面太亮了，我们容易被发现。咱们去吃点东西，等天擦黑了再来吧。”

她们在附近的小饭馆随便吃了面。思思基本没吃，吴淼倒是胃口大开。她忽然有了一种谍战大片里超级特工的感觉，看着心事重重的思思，既同情，又生气。吃完了，天还没黑，两人溜达到一家超市，买了个小望远镜。“装备很重要。”吴淼边试望远镜边说。

再度混进小区，天已暗下来。工程车还在，后花园里基本没人，两人仍以车作为掩护，朝目标缓慢地移动。屋里果然有人，而且不止一个。再往前凑了几步，阳台上出现一个白色的人影，透过望远镜看，是个女人，岁数在30上下，穿着白色的浴袍，像是刚洗完澡。这女人从阳台上取了些东西进屋，把灯打开了，但并未拉上窗帘。屋里的一切变得清晰起来：家具不多，深棕色调，客厅里摆着一张大床，床上方的白墙上，挂着一张大大的结婚照。照片像是几年前拍的，上面的人都比较清瘦，看不清眉眼，却看得出表情：男人满面春风，女人笑靥如花。吴淼轻声问思思那男的是不是Tony李，思思也不能确定。这时，客厅里进来一位老妇人，怀抱了个婴儿，走到床前，把婴儿轻轻放在床上。白衣女子仿佛跟老妇人说了什么，把婴儿又抱了起来。

如果这是Tony的房子，这就是他的老婆孩子，老妇人估计是丈母娘。那婴儿看上去出生不久，白衣女人可能刚刚出月子。就算Tony离婚是真的，他说没有孩子绝对是谎言。况且孩子刚刚出生，两人怎么可能离婚呢，难道是离了婚才生的孩子？那女方是万万不可能答应的吧？就算两人关系不好，法律规定，女方在怀孕期间，分娩后1年内，男方是不得提出离婚的。吴淼是学法律的，她赶紧给思思普及了一下婚姻法的基本常识。

所以，关键点是Tony到底是不是这家的男主人。结婚照里的男人看着有点像，但身材和现在的他差别比较大。两人正在嘀咕要不要打道回府，下次再探，卫生间窗口出现了一张男人的脸，他伸出一只胳膊，把窗户关上。

梅思思永远忘不了这张脸。屋里的灯光，屋外的月光，把他的脸映得格外清楚：苍白得没有一丝血色，那双眼睛发出的光冷得像刀，表情严肃得可怕。不，这绝不是平时那个对她含情脉脉的恋人的脸。她宁愿看到的是鬼。

走出后花园，梅思思瘫倒在地上。

（九）

从新西兰回来以后，曾恺一直盘算着怎么把西湾的项目进行下去。跟文西相处几年，从来没听她提过孟一楠这个人。她以前竟然和这样的高富帅交往过，这激起了曾恺的好奇心、嫉妒心和征服欲。虽然文西早就跟曾恺毫无关系，但他每次看到文西的时候，总有幻觉，她还是他的女人。

跟方媛结婚的时候，曾恺是真的很想结婚的。他谈恋爱谈得太累了，实在不想再为感情方面的事牵扯任何时间和精力。他需要一个港湾，一个能给她生儿育女的正常女子，一个能在事业上帮衬自己的体面家族。友人按照他当时的需求介绍了方媛，二人一拍即合，很快就结了婚。结婚以后，曾恺被太太看得很紧，有了孩子算是彻底被套牢了，加上自己能走到今天的位置，岳父多少有些功劳，他小心翼翼地经营着自己的婚姻。但现在，除了孩子，他和方媛几乎没有共同语言。方媛因为常年在家，习惯了生活在自己的世界中，家务交给保姆。她除了偶尔跟几个闺蜜吃吃饭，逛逛街，基本没有别的社交，最近还迷上了直播。曾恺不明白她天天泡在网上看那些无聊的人嗑瓜子、睡觉、玩游戏，能有什么快感。但他想到自己每天各种应酬和出差，回家基本都是午夜，曾经渴望的港湾笼罩在一片漆黑和死寂中，连个灯塔都没有，又有何快感可言呢。

渐渐地，这曾经他梦寐以求的稳定，成了枷锁。曾恺也曾跃跃欲试过婚外的感情，甚至有几次已经滋生了萌芽，但最终还是忌惮那体面的家族，咬牙将萌芽扼杀。在清州见到文西以后，他不断地想起以前，一边感慨着当年那份青涩而真挚的感情，一边惊讶于文西的皮肤和身材竟保持得如此之好，甚至比当年还要性感。他不由自主地忆起两人曾经缠绵的画面，越来越频繁地意淫，这让他觉得自己很龌龊。去新西兰考察项目时，虽然直接被拒绝，但他坚持认为文西是他开展婚外情的最佳人选：安全可靠，独立自主，重感情，又不屑纠缠，工作上还能互通有无，真是没有比她更合适的情人了。住在文西隔壁房间的那几晚，他有好几次冲动地想去敲她的门，但终究被理智和尊严所克制。他估摸着文西口中的现任男友是个有点苍老的人，这个想法使他莫名其妙地兴奋起来，他相信自己的雄性魅力可以再次征服她。

然而孟亦凡的出现，让他有了挫败感。这个富二代丝毫不把自己这么资深的国际金融人士放在眼里，一句话就把文西单独带走去参观酒庄了。最不能忍受的是，文西竟然没有征求自己的同意，就跟孟亦凡去了，而且回来以后就推翻了原本的收购计划。在曾恺和文西的交往历史里，她从来没有这么无视过他。在曾恺眼里，文西是只需要依人的小鸟，只是要花些力气驯服而已。她虽然经常任性闹脾气，但目的都是要“索取”更多的爱，即使两人发生争吵，大主意都是曾恺拿，连最后的分手也是他决定的。

曾恺看得出，孟亦凡很在乎文西，从他的眼神，从他独自到基督城却只见文西，从他单单邀请文西去西湾小住，这一切都说明，文西在孟心中的分量。这对收购西湾，对文西本人绝对是可以利用的感情资源。他不能眼见着不符合“利益最大化”这一经济学基本假设的事情发生，于是冥思苦想，动用自己在澳大利亚的人脉去查孟亦凡的底细。孟亦凡，原名是孟一楠，为什么要改名字？出生日期似乎也变来变去。他的父母是谁？何时何地因何身故？他现在还有什么亲近的人？这些他都要知道。

这世界上消息最灵通的不是娱乐圈，而是金融圈。曾恺原本想低调收购西湾，让EMC和文西闷声挣一笔钱。可是现在，他打算把信息放出去，让多家国际投行闻风而来，削尖脑袋竞争西湾项目，逼孟亦凡和文西就范。很快，一家澳大利亚本土投行跟曾恺联系，传真给他一张十五年前的报纸复印件。这是新西兰南岛的一份小报，上面记录了当年孟亦凡父母飞机失事的情况。“有钱能使鬼推磨啊。”曾恺暗笑，这种犄角旮旯的小报都能被翻出来，banker真是上得了厅堂，做得了狗仔。他立马致电那家投行的负责人，对他们的敬业和专业精神赞扬了一番，表示如果对方能实质性推动该项目，可以加入财务顾问团分到一定的佣金，并很快与之签署了保密承诺函。过了一个星期，又一张陈年社区报纸传真了过来，中间用荧光笔圈出一个长条。传真件的字迹歪歪扭扭，曾恺看了半天，是一则宣传公益的报道，大意是南岛某公立医院当年成功进行了几台骨髓和器官移植方面的手术，挽救了不少危重病人。文章鼓励更多的人捐出自己的骨髓、器官。报道旁边有一张配图，一个华裔男孩子靠在病床上，洋人医生正在旁边记录着什么。配图文字写的是：孟某，获得骨髓干细胞移植，手术成功，即将出院。他再仔细看那张照片，这不就是孟亦凡嘛。

曾恺看了看报纸的日期，2003年12月21日，这是周日出的赠刊。也就是说，孟亦凡在继承了父母留下的酒庄之后约一年，得了急性白血病，这家伙真是够倒霉的，但他也真是够幸运的。他没有兄弟姐妹，竟然也能配型成功。想到配型，曾恺突然记起来多年前文西曾提过自己在新西兰捐献骨髓干细胞的事。当时两人正在热恋，跟彼此说着永不分开的海誓山盟。文西不让曾恺吃高胆固醇的东西，说会中风，然后就不认得她了，但她自己仍然毫无顾忌地大啖动物内脏。曾恺警告她时，她笑着说自己需要补血，接着就说了自己捐过骨髓的事。

“也不知道那哥们儿后来怎么样了，活得好不好。”文西悠悠地说。

“那你知道捐给谁了吗？”

“不知道，只知道是个男的，据说是个华裔。”

曾恺不由得心里一颤，难道孟亦凡得到的是文西的骨髓？从目前掌握的信息来看，这并非不可能。但文西知不知道孟亦凡得病的事呢？她去酒庄时跟他一定聊了很多，说不定早就把这件事说开了。他决定先打个电话试探下她。电话刚响了一声，文西快速接了，用很小的音量说“我在开会”。随即电话里传出高跟鞋撞击地板和推门的声音。

“曾总，有何贵干？”

“没什么事，回来一段时间没联系，你怎么样？听说你老板让你负责海外并购业务，那以后我们可要多沟通啊。”

“拜托！曾恺，你跑到凌理查那里说我坏话，现在满意了？”

“冤枉啊，我可没说你坏话。我只是把事实客观地跟他分析了一下。不过老实说，我觉得现在这个安排挺好。让许文迪去冲锋陷阵，吃苦受累吧。你乐得逍遥，做海外业务还能出去逛逛。”

“你什么意思？”文西听出曾恺话里有话。

“你难道看不出现在文迪比你在凌理查那里更有利用价值吗？要不这次叶肖恩能眼巴巴地看着凌理查拿回自己的位置？”

“你的意思是，网上帖子的事情，是凌理查和许文迪联手？”

“我可没这么说啊，但你看着吧，文迪可能很快就会提MD的。”

“Whatever.（译文：无所谓。）我听说你在到处找中介帮你收西湾呢。”

“我是还在努力，你知道我做事的风格，不喜欢半途而废。无论如何，EMC前期的付出我不会忘的。”

“有何进展？”

“不多，对管理层缺乏了解。孟亦凡最近有联系你吗？”

“没有。”

“他是2002年继承西湾的，后来就没再跟你联络过吗？”

“没有。”

“他成家了吗？夫妻关系怎样？有小孩吗？”

“没有，我只知道这么多。”

“哦？没有继承者啊，那万一他又出意外怎么办？”

“曾恺你在说什么啊？他出什么意外，什么叫“又”，他比你还小呢，你操哪门子心。你到底有没有正经事，我要回去开会了。”

“我是说，他父母出了意外，他会不会也……那什么，没事，你先去开会吧，回头再聊。”

文西心想，曾恺什么时候变得神神叨叨的，但没工夫多想，转身回到会议室。曾恺盘算，从文西的反应来看，她应该不知道孟亦凡得过白血病的事。他还是比较了解文西的，多愁善感，厌恶谎言，也不会说谎。他总是说其实她的性格真的不适合做金融。文西则不以为然，她忘不了当年进公司面试的时候，最后一位面试官是业界有名的投行家王罗杰。罗杰对文西在面试中的表现很满意，临别时送给她一个魔方，六个面上全写着一个单词“Integrity”（译文：诚信）。他说，你的职业生涯才刚刚开始，将来无论做到什么位置，做多大的deal，都要把诚信作为最首要的信条。几年后，罗杰和家人出海时意外溺水，文西参加告别仪式时，默默地将那个魔方放进了花篮。

（十）

荣皓这几天着实很烦，先是要把母亲大人安顿好。老太太这是第二次来北京，第一次是荣皓大学毕业刚工作不久，他兴奋地接她过来小住。但她待了一个月就坚持要回老家。她说已经习惯了乡下的自由和热闹，在北京住在楼房里，憋闷得受不了了。荣皓无奈，只好由她。幸好还有表亲在老家，给予母亲很多关照。这一次她来，荣皓已在郊外购置了别墅，有自己的花园，小区内绿化也很好。他深感母亲独自抚养他成人之不易，生怕她住不习惯，不开心，所以每天紧张兮兮、唯唯诺诺地陪着她。但她还是不满，今天嫌家里人太少说害怕，明天说想看看孙女，总之借各种理由让荣皓的前妻和孩子过来吃饭，有时候甚至让她们住在别墅里。

其实以前婆媳关系并不算好，但可能因为长期不住在一起，距离总会产生些美感。荣皓在老家的名声本来十分良好，绝对是母亲的骄傲，但离婚的消息让她承受了不小的压力。这且不说，荣皓离婚的时候，分给女方一半家产。老太太虽然不知道确切的数字，但心里替儿子不值：十几年都过来了，好不容易磨合得差不多了，何必呢。说什么要自由地生活，更是无稽之谈。她本以为儿子会很快再婚，谁知道过了几年也没有动静。荣皓的前妻一直有意复婚，对前婆婆百般讨好，还带着女儿专门去老家看望她，请她出面撮合。老太太考虑再三，认为复婚对荣皓有利，这才有了第二次北上。

然而这并不是让他最为难的。毕竟老太太是不会长住的，主动权还在自己手上，文西那边只要多哄多解释，她也是通情达理之人。最让荣皓头痛的是他可能要被派驻香港分公司三年。这件事以前的老板就提过，但当时香港分舵还只是办事处，业务规模有限。新老板一上任，就强调境内外市场的联动，而香港是重要的阵地。荣皓任CFO已经多年，早该提拔，现在又是单身，所以去香港分公司当老总最合适。从事业发展的角度，这对荣皓来说是个不错的机会，不仅职级上了一层，还可以多些境外工作经历。他大学毕业后就进入HB，一步步做到财务总监，期间虽修过不少海外高管培训的课程，但缺乏真正的实践。年过四十，职场的路还很长，去香港无疑对以后的发展大有裨益。

但感情上呢，离开北京三年，和文西要何去何从呢？他原打算带文西见见老太太，这个时候如果又跟她说要去香港的事，会让她感觉自己很自私。可是不说，她早晚要知道，而且调令说不定很快会下来，还是应该早点让她有个心理准备。

七夕节这天，荣皓和文西也凑热闹出去吃饭。大街上尽是求爱的玫瑰和牵手的情侣，交通异常拥堵。荣皓开着车，右手拉起坐在副驾驶的文西的左手，亲了一下。文西冲他笑着说：“七夕不是牛郎织女相会的日子嘛，啥时候成了情人节了。我可不跟你做牛郎织女那样的情人啊。”

说者无心，听者有意。荣皓想着文西这句话，不知道如何接下去。终于，他试探着问道：“你觉得我去香港待几年如何？”

“去香港？”文西一下提高了嗓门，连珠炮似的发问，“他们要派你去香港吗？多久？你答应了？”

“领导跟我谈了几次，还……没确定呢。”荣皓继续开车。

“你想去吗？”文西恢复了声调，叹了口气，“去那当一把手吗？是promote（译文：升职）了吧，那恭喜你了。”

“工作上的确是个不错的机会，但因为有你，又不太想去。”荣皓看到路边有个车位，停了进去，熄了火，转过身来，手抚摸着文西的头和长发，也叹了一口气。文西往前欠了欠身，抱住了他。

“你去吧。哥哥，这是件好事。”过了一会儿，文西轻轻推开荣皓，平静地说，“我可以去香港找你啊。”

“真的吗？你真的可以去香港吗？”荣皓没想到文西会如此回答，他激动地用两手扶住她的双肩，接连在她额头上印上三个吻，然后捧着她的脸，不无担心地问：“公司会transfer（译文：转移）你到香港office吗？”

“也许可以吧。”文西调皮地做了个对眼，说，“不行也没关系啦。其实，我有点想要休息一段时间。”说着耸耸肩。

“怎么？你打算辞职吗？最近有不舒服吗？”荣皓十分惊讶，在她心目中，文西是热情满满、朝气蓬勃的斗士，是雷厉风行、无所不能的女超人，现在居然说出想休息的话，难道是身体出了问题吗。

“最近，身体里另一个自己总在问我一个问题。”

"什么问题？"

"这十年我到底创造了什么价值？"

"这还用说，你看看办公桌上摆的tombstone（译文：上市纪念碑）就知道了。你做了多少IPO项目，多少公司成功地在境内外上市，成为世界上受人瞩目的企业。中国的资本市场这十年发展了多少，在国际上的地位能和十年前同日而语吗，沪深两市市值翻了多少倍，你不是一直为自己参与其中而感到骄傲嘛。"

"发展的确是惊人的。从毕业入行，我一直连轴转，没日没夜地加班，不断挑战身心的极限，我曾经引以为豪。但现在当我看到一代代新人走着同样的路，不禁疑惑起来。我们的初心到底是什么？企业上了市就一定好吗？股东的利益真的得到了最大化了吗？资本市场造就了多少一夜暴富的人，又令多少人一贫如洗，破产跳楼？而我们这些人当中又有多少是因为真正爱这项工作才坚持到今天的？"

"当一件事情成为谋生手段的时候，恐怕说爱都是有点困难的吧。"荣皓苦笑着说，"你应该相信自己的初心和激情，只是这条路走了十年以后，不免会有些困惑和迷失。"

"难道我已经步入中年危机了吗？"文西皱着眉头说。

“你成年了吗？”荣皓坏笑道，“我经常感觉你就是个十八岁少女。”

“不许你偷换概念，转移话题。”

“可能你我都要开始适应在职场和人生的新阶段了。还有很多未知的东西等待我们去探索。”说着荣皓重新启动汽车，“我相信你会找回初心。或许停下来一段时间是有好处的。当然对我的好处更大，你可以去香港给我做饭洗衣，每天等我回家。哈哈，那我才开心呢。”

“好啊，荣老板。我会把你伺候得妥妥的。”

“我估计这样的日子你也就能坚持两天吧。”荣皓撇撇嘴，小声嘟囔着。对于文西，他自认为还是很了解的。她可以是最好的主妇，可以做出最美味的羹汤，也会把家打扫得一尘不染。但这些必须是她忙碌工作后的调剂。换句话说，文西是那种事业越成功，越会把家庭料理得很好的人。究其原因，他认为是源于她骨子里的安全感缺乏，这或许跟她从小的成长环境，特别是出国后的经历很有关系。真正能给她带来安全感的有两样东西：一份可以安身立命的工作，一位可以托付感情的爱人，两者不可或缺，可能工作永远排在爱人前面。荣皓不是没有憧憬过文西做家庭主妇的样子，但他很快就打消了这个念头。因为这就是他原本从欣赏到爱慕的文西，他希望她能一直原汁原味地生活下去。

车内气氛融洽，荣皓再度邀请文西见见母亲。“你这个恐婚者，怎么也落入俗套了？”文西轻嘲中带着一丝幽怨。在跟荣皓的交往中，她不止一次地有嫁他的冲动，虽然她自己也搞不清楚结婚的目的何在。但她几次暗示明示，荣同学总是不接话茬。荣皓总说，他不想自己一团糟的家庭关系拖累文西。而实际上，文西知道他对婚姻已经不抱希望，甚至有意回避。

荣皓和前妻是大学同学。前妻是校花，追求者众。荣皓努力多年终于胜出，抱得美人归。而婚后的生活让他越来越灰心，除了生活习惯的不同和性格方面的差异，他发现妻子是个非常现实的人，选择他的主要原因是为了留在北京。他曾经炙热的感情得不到对方的响应，却因责任承担着繁重的家庭事务。琐碎的生活和疏离的感情让他痛苦万分，女儿的出生曾带给他很多安慰，但也很快也成了夫妻矛盾的焦点。渐渐地，二人有意无意地分别寻找着婚外的感情寄托，直到女儿被诊断出患有早期躁郁症，多年的积怨终于爆发出来。荣皓下决心从此带着女儿独自生活。

“就算是我要带到香港照顾我的小佣人吧，也得让我妈见见啊。”荣皓机智的回应噎得文西说不出话来。文西记得某次做头发时看过一本杂志，上有文章说，最佳的情侣关系就是彼此可以扮演多重角色，比如：女方有时是男方的女儿，有时是妹妹，有时是情人，有时是战友，有时甚至是母亲等。她跟荣皓就是如此。她会在他面前毫无顾忌地犯二、傻笑、撒娇、发嗲、痛哭、暴怒，也会在他孤独无助脆弱时母性泛滥地照顾他，唠叨他，抱他入怀，拍他入睡。她喜欢叫他“哥哥”，但又戏称自己是他的小“妈妈”。这是不是意味着，荣皓就是她生命中那个“对”的人呢?

但这样的想法立刻让她害怕了。曾恺那句话戳到她的痛处，她其实没有向现实屈服，其实没有从以往的恋爱失利中吸取教训，其实还是在追求理想的爱情。当她把荣皓和自己生命中“对”的人画上等号的时候，荣皓就变成一个完美的虚拟人物，存在于她的脑子里，心里，血液里，无时无刻地陪伴她，无微不至地关怀她，毫无私心地宠爱她，以至于她无药可救地深深迷恋着这个虚拟荣皓。直到有一天，现实中的恋人做了什么有损这个虚拟荣皓形象的事，才让她猛醒过来，如同从云端重摔至谷底，伤得体无完肤。最终两人都不得不面对文西爱的其实不是真的荣皓这个事实，极有可能因为都无法接受而分道扬镳。

荣皓考虑的还不止于此。他自知与文西的成长环境和教育背景均有较大的差异，何况上一段婚姻还留下了后遗症。以前暗恋文西的时候，只想默默地对她好，反而没什么压力。但当她真的爱上了自己，陷得越来越深，他很担心不能带给她想要的幸福。他曾深爱过，也曾为了那份感情勇于承担责任，结果又如何？这使他既不太相信自己，也不太相信对方，或者说，是不太相信爱情吧。理智告诉他，与文西这段感情可能不会有太好的结局，应该适可而止，至少应该控制发展的速度。但文西一旦爱上了就像个孩子一样，毫无保留，不知矜持地付出全部情感。正常男人大概都是不能抵御的，更何况是已经喜欢了她这么久的荣皓。

于是两人的感情就在双方的患得患失、畏首畏尾中发展着，他们既害怕失去，也害怕得到。害怕得到，是因为害怕得到以后再失去。如果说爱情就像花开花落，逃不开周期，那唯一的办法就是慢点、再慢点，不要让花开至荼蘼。但周遭的一切不允许他们慢，文西的妈妈一直在催她相亲结婚，荣皓的妈妈不停地督他与前妻复婚，转眼二人最好的年华将逝。荣皓每天工作之余，脑子里不得不思考这些事情。他决定组织一次小型出游，借机让文西见见母亲。在外面活动比较欢快轻松，避免了到家里去的沉闷尴尬，也省得文西烦恼带礼品这些繁文缛节。正巧老太太说想去雍和宫拜一拜，他把这个想法告诉文西，她大方又愉快地同意了。

（十一）

为了陪两位女士聊天，荣皓放弃开车，订了一辆专车送大家。这天，文西破天荒地很早起床，洗了头发，认真吹干。早上的时间对长期缺觉的她来说实在太宝贵了。她想着荣皓的母亲是南方人，应该比较喜欢乖巧清新的淑女形象，所以特别选了一件有“中国风”的连衣裙：改良旗袍样式，淡粉加紫色调，胸前绣着几只橙色的蝴蝶。文西化了个干净的裸妆，简单勾了下眼眉的轮廓，没涂睫毛膏，因为怕给人留下过于妖娆的印象。

荣皓发消息来说车已经到了楼下。她冲着穿衣镜中的自己比了个胜利的手势，兴冲冲地出门去。荣皓同学今天也是格外青春休闲，Zegna的三色拼接Polo衫衬得肤色很健康。他从车里出来到楼门口迎文西，看到她，拉过她的手，目不转睛地欣赏她，就像初次约会的大男孩般羞涩地笑了。看来造型很成功，文西心里暗自得意。

荣皓坐在副驾驶的位置，每隔几秒就回头看看这两个人。不知道是因为担心二人冷场，还是觉得画面太美不想错过，后来索性不转回去了，就一直面朝后坐着、傻笑着，安全带被抻出老长。

文西对待长辈一向恭敬，何况是面对荣皓的母亲。她有礼有节，不卑不亢，得体大方，荣皓不时向她投来赞许的目光。东三环一大早就堵塞得厉害，到雍和宫的距离虽然不长，但走走停停，十分恼人。文西为了参加今天的活动，跟凌理查请了一天假。谁知道八点刚过，电话就不停地响。

“文总，人民币离岸汇率暴跌了200多个点，好几个客户要求我们给出对他们经营影响的Memo（译文：备忘录），说今天下午就要。”

“文总，今天你们主承销的A股608989停牌了，其港股也跟着停牌，传大股东增持，到现在没出公告，到底怎么回事啊？香港的几个大股东以及联交所都在问呢。”

“文总，我们公司可转债的方案证监会批得怎么样了？什么？您休假了？这节骨眼您怎么能休假呢？不行！我们领导要求今天必须有个说法。”

每一通电话都要说上十几分钟，文西压低声音捂着嘴，但整个车里就听到她在讲电话。好不容易有个间歇，她赶紧道歉，给荣皓使了个眼色，意思是让他跟他妈讲讲话。接着，又有一个电话打进来了，文西摁掉，过了几秒又响起来，再摁掉，又来，真是锲而不舍。

“文总，宁江银行紧急召开上市工作例会，让项目负责人下午一点半要到。”

“我今天请假了，这个项目现在许总也是负责人之一，她自己去就可以了。”

“许总滞留香港了，今早由于台风飞机晚点，估计赶不回来啊。”

……

来自四面八方的狂轰滥炸把文西精心打造的淑女形象摧残得所剩无几。她口干舌燥，早上好不容易吹蓬松的头发也塌了下来。终于到达雍和宫，荣皓扶母亲下车，文西连忙挂断电话，把手机扔进包里，下车跟上他们。雍和宫香火很旺，善男信女以及游人都像打仗般穿梭在牌坊、佛殿、碑亭、阁楼之间，进香磕头的队伍排到殿外。人们鱼贯而入，挨个跪下，向菩萨、佛祖念叨着自己的烦恼和愿望，但谁也不好意思赖在蒲团上太长时间。荣皓在前面引导着老太太，他并不拜，只站在一边看母亲虔诚地叩拜、上香、捐款，嘴里念念有词，估计多数能与自己扯上关系。文西每到一殿，双手合十，向菩萨深鞠一躬，随后将点燃的三炷香插入香炉。突起一阵风，香灰吹了她一身，烟雾熏得她眼睛刺痛，眼泪止不住地流下来。文西闭上眼睛，慢慢转着眼球，摸索着去掏自己包里的纸巾。幸好没涂睫毛膏，不然定会晕的一塌糊涂，她边擦眼睛边想。

从雍和宫出来，已近中午。荣皓之前预订好了附近一家挺有名气的素菜馆。这家餐馆闹中取静，由著名建筑师设计建造，菜品主打创意健康，价位自然十分高冷。三人坐在透明落地窗旁边，可看到庭院中的竹林。文西给三只茶杯里都斟满茶，带着歉意说：“实在不好意思，没想到今天公司出了些状况，我下午可能不能陪伯母了。”

荣皓忙接过话茬：“文西一直都很忙，今天是特别抽出时间来陪我们的。”

荣母喝了一口茶，毫无表情地看了一眼儿子，又看看文西，“文小姐是吧，我听说你们是工作关系认识的。你们认识多久了？”

“认识有几年了，之前一直是很好的朋友。”文西回应道。

“哦，你们做朋友，或者合作伙伴，我都没意见。但你们不能处男女朋友，因为荣皓是有家的人，你难道不知道吗？”

“他们不是离婚了吗？”

“那是他们自己的决定，并未经过我的同意。我现在也不想追究他们分开是不是有你的原因，但我是不会同意荣皓和你在一起的。他有太太，两人是大学同学，有很深的感情基础，孩子也可爱。我们相处一直很愉快。文小姐，你这么优秀，人长得漂亮，工作又好，相信追求你的人很多，你不愁找不到对象。荣皓是不错，但不适合你。”

荣母的一番话说完后，文西完全蒙了。荣皓也万万没想到，在旁边赶紧打圆场：“妈，您这是说得什么啊？我离婚跟文西一点关系都没有。”

“文小姐，我真的是为你好。你这个年纪耽误不起，劝你别再打我儿子的主意了。你想想，他就算跟你在一起，这边老婆孩子有事他能不管吗？他一天到晚顾着这边，你也过不踏实不是？”

“荣皓离婚的事情我都知道，他明确跟我说过不可能复婚的。”文西尽量不让自己激动，小声地辩解着。

“这是他一时冲动。多年的习惯，亲生的骨肉，荣皓又是个家庭观念很重的人，他们根本分不开的。”

文西一心只想夺路而逃。她站起来，一阵眩晕。荣皓忙起身，要跟出去扶她。老太太一边用脚拦住他，“你别送她，让她自己走”，一边冲着文西喊，“改天来家里玩啊，你只要不跟荣皓好，伯母愿意跟你交个朋友。”

荣皓急道：“您这到底是要干吗啊？”迈过母亲的脚，追了出去。

文西跌跌撞撞地冲出素食馆，在院里的石阶上站住。她开始不停地干呕，这个症状跟当年和曾恺分手的时候一样。那时她才明白，人极度悲伤时，肠胃比泪腺的反应快，所以最初不是哭，而是呕吐。过了这么多年，她居然又被感情折磨得痛苦至此。干呕了几下后，泪腺反应开始了。院里没有别人，她蹲下去，泪如泉涌。

荣皓追了出来，看到她蹲在地上，先用双手抱住她的腰想把她拽起来，使不上力，就索性绕到她身后从腿部将她托了起来。他这样托着她走了几步，力气用光了，只能放下她，把她的双臂放在自己的肩上，搂着她。文西毫无力气地倚在荣皓怀里，痛哭。她不明白自己犯了什么错，每次在她想要依赖一个人的时候，上天偏偏要把这个人夺走，让她重新陷入孤独的深渊。

“别想太多，都怪我，都怪我，是我没跟她沟通清楚。”荣皓深深地自责。她一听这话，更感委屈。和荣皓一路走来，他总是在自责，总是在认错。哭了一会儿，文西慢慢镇定下来。不管心里多酸楚，下午的会是必须参加的，她抬起伏在荣皓肩上的头，眼睛和鼻头还是红肿的。她用手捋了捋头发，将两手食指弯起来抵住眼眶用力压了几下，拿开荣皓的手，头也不回地往外走。走到院门口，正好有几辆出租车等待在那儿，她一声不吭地拉开一辆车的后门，坐了进去。荣皓刚跑过来，车便开走了。

（十二）

走进宁江银行会议室的时候，文西的面部已经恢复了正常。近期股市交投日渐活跃，有企稳回升的迹象。中报披露后，市场对银行业盈利放缓与资产质量下降的预期已经释放得差不多了，承销团认为一个发行窗口可能正在开启。文西立即进入了工作状态，参与到核心讨论当中。会议开了两个多小时，来自各投行的项目负责人分别把国内外宏观经济形势、资本市场年内可能的走势以及此时发行的利弊等来来回回地阐述。最终，宁江银行的管理层拍板，听取承销团的建议，尽快启动上市程序，举行分析师会议并进行预路演，争取在三季度内发行成功。

从宁江银行的大楼出来，文西抬头望了望天空，发现今天的天特别蓝。她坐在车里，格外认真地观察金融街的这些建筑物和这条她熟悉得不能再熟悉的街道。她以前一直觉得这些建筑方方正正，冷冷冰冰，非黑即灰，竟没发现原来还有这么多植被：街两侧的花草树木错落有致，绚烂得像个大花园。工作有时真是个好东西，中午发生的一切仿佛像上个世纪的事般遥远。文西数了数，宁江银行上了市，就是自己做过的第十个IPO了。到时候她的办公桌上会又多一个tombstone，而这个纪念碑，更像是自己生命的一个里程碑，或许真的到了该改变的时候了。

那么她要去哪里呢？去做什么呢？

第一个问题几乎没有思考超过一秒，甚至这几个字还没在她大脑的打印机里打完，答案就已经有了，法国。前几年出差时曾有两次短暂停留在巴黎，只走马观花地游览了些名胜。她一直希望能有机会在巴黎的每个区都住上一阵子，也梦想着去其他城市感受一下。不知怎的，你只要身处巴黎，就能感受到那种神奇的气氛：浪漫，自由，艺术，随性。哪怕你只是在塞纳河边走走，哪怕你只是在破旧失修的地铁站里走走，哪怕你只是在任何一家街头小店里走走，都能感受到这种气氛，身心得到极大的释放，从而找到内心的真我。

第二个问题似乎也迎刃而解了。到了法国，可做的事情就多了。从时尚设计，到美食、葡萄酒品鉴、艺术史、营养学，当然，最重要的还有法语。这些她都想学。从小到大，她从未为了兴趣而学习过，小时候被父母逼着学小提琴，中学文理分科，大学、硕士选择会计金融专业，都是为了升学择业。留学的时候，她最爱周末去皇后大道的那家Boarders书店蹭书看，每次她选的都是营养菜谱，那些长得要用尺子量的营养学单词在她看来并不枯燥，倒很神秘有趣。那时她就想，说不定我应该去学这个，没准能成一位名厨或是营养学家……

黑莓的红灯不停地闪烁，提醒文西有未读邮件。她把思绪拉回到眼前。她知道刚才的这些想法意味着什么，这些想法对她的职业生涯和未来现金流，对荣皓，对自己年迈的父母，都会有颠覆性的影响。但她似乎已经做了决定。

（十三）

宁江银行上市前的工作按部就班地进行。与此同时，曾恺绞尽脑汁地实施着他的西湾计划。他决定自己飞一趟新西兰南岛，没有告诉任何人。

他按照那张旧报纸上的报道找到了当年收治孟亦凡的医院，这家医院位于基督城，是坎特伯雷地区最大的公立医院，也是南岛最大的血液病治疗中心。他找到咨询处，拿出报纸，很有礼貌地寻找照片上那位在孟亦凡旁边做记录的医生，说自己是患者的哥哥，想当面感谢他弟弟的救命恩人。

“这位医生是个大好人。”咨询处一位上了年纪的护士说，“可是真不巧，他已经不在我们医院了。”这是位胖胖的白人护士，看上去得有六十岁了，淡粉色的护士服包裹着她浑圆的身体，淡粉色的护士帽搭配着老花镜，眼镜绳耷拉在脖子后面，样子慈祥而又呆萌。她看着曾恺，这个衣着考究，风度翩翩，操着流利美式英语的华裔青年男子立刻博得了她的好感。曾恺穿了身灰色的阿玛尼休闲西装，面料中加入的金属元素，令那死气沉沉的灰色充满了朝气和未来感。曾恺一向讲究穿着，因为他相信这个世界没有任何角落不是势利的，即使是在贫富悬殊不大的新西兰的公立医院。人总是愿意亲近和信任看上去活得很好的人，这就是天性。

“那真是太遗憾了，我是专门来谢谢他的。我和我弟弟失散了很多年，最近才得以团聚。得知他的遭遇，我难过极了。他对我说这位医生是他的主治医师，我想只有当面好好感谢他，心里才能稍感安慰。”

“哦，我太能体会你的心情了。我的妹妹前不久得癌症去世了，如果神能把她带回来，我愿意付出一切。”老护士动情地说，提到神的时候，她在胸前画了个十字，然后拍了拍曾恺的肩膀。“让我想想我们能做点什么。”她说，“或许我们这里有记录他的联系方式。”说着给她的同事打电话求助，并按照电话里的指点埋头在电脑里查询。

“哦，查到了！”老护士兴奋地指着电脑说，她挂断了电话。“医生去奥克兰儿童医院了，这里有他的电子邮件地址和办公室电话。”她一边说一边把这些信息写在粉色的便利贴上，递给曾恺。

“太感谢你了。”曾恺接过便利贴，他脑子飞速地旋转着，“其实，我也想感谢那位捐给我弟弟干细胞的热心人，有什么途径能找到他/她吗？”他问。

“捐献者的身份是保密的，我们也不知道，很遗憾。”老护士摊开双手，耸了耸肩。

“嗯，这个能理解。”曾恺文雅地搔了搔头，“那当时配型的血液档案能查到吗？哦，请别误会，因为作为哥哥，当时没能帮上什么忙，我很自责，我弟弟他现在身体虽然恢复了，但我想如果以后他再发作，说不定我可以给他配……”

“哦，你真是个好哥哥。但这些资料只能向患者本人公开。”

“我弟弟他现在出国了，要过段时间才回来，而且我不希望他知道这些事，怕他会多想……”

“这样啊，让我想想啊。对了，你可以去骨髓库查询，但需要有他本人的注册号和密码。”老护士又写了一张便利贴递给他，这次是黄色的。

“注册号？是他的ID number（译文：身份证号

码）吗？”

“应该是社会保障号码。”老护士进到骨髓库的网站，把电脑转向曾恺，示意给他看。

“明白，最后一个问题，如果他想回中国治疗的话，医疗档案能转回国内的医院吗？”

“这个需要中国的医院相关联系人跟我院联系，需要提供一些正式的说明文件。怎么，他要回中国治疗吗？我们这里的医疗条件可是世界领先的。”听说要转院，以为曾恺嫌弃她们医院，脸上掠过一丝失落和不悦。

“当然，当然，我绝对相信贵院的水平是最一流的。我弟弟的命是你们救的，我永远感激。只是问一下，以防他回国的时候突然发病。毕竟从中国到这里还是挺远的……”曾恺赶紧解释，“太感谢你啦，不打扰你工作了。”

“哦，不客气。祝你弟弟健康，祝你好运，上帝保佑！”她站起来，微笑着，在胸前画了个十字。

真是善良单纯的人呐，曾恺心想。他走出医院门，掏出手机，拨通了那家本土投行负责人的电话，“是，我到南岛了。我需要你们查到孟亦凡的社会保障号码，越快越好。我想这对你们来说应该不难。”

阳光太灿烂了，他戴上了墨镜，掏出雪茄管。这只铝制的小管带在他身上好多年，几乎形影不离。管体锃亮，烫金的两个花体字母K.Z是曾恺的缩写。他对自己今天的表现和收获相当满意，琢磨着找个舒服安静地方，喝一杯意式浓缩咖啡，吸几口他最爱的高希霸，偷得浮生半日闲。

（十四）

曾恺俯在酒店房间的办公桌前，头几乎贴上了笔记本电脑。他左手拿着手机，右手将手机短信里的号码输入进去。他瞪大了眼珠，一再对照输入进去的和手机上的那组数字，确定没输错，才使劲敲了回车键。他紧张地观察着屏幕上的任何变化，半天没有反应，“妈的，这落后的鬼地方，网速好慢”。又过了十几秒，页面显示让他输入密码。看来社保号码是对的，但密码该怎么办？

6位数字，曾恺猜想是某个人的生日。他先输入了孟一楠的生日，不对；又试了孟亦凡的生日，不对；孟父母的生日，甚至文西的生日，不对，不对还是不对。曾恺开始烦躁了，脑门直冒汗。他接着又试了六个零，六个一，六个六，六个八，还有社保号码的后六位，由于错误次数太多，系统显示要锁屏半个小时。他抽打了一下键盘，把手机重重扔在桌上，跳上床，双手抱着头在床上左右翻滚着。曾恺考虑问题善于做情景分析，他在想最坏的情况，是一直找不到密码登录不进去，那他该怎么办？去找人破译密码吗？不是找不到，只是很麻烦，而且成本高。如果点击网上的“找回密码”，肯定要验证到孟亦凡本人的手机或电邮，那样会打草惊蛇，所以也行不通。

他坚持认为密码是个日期。生日都不对，那会不会是“忌日”？对，他父母的忌日！他赶紧蹦下床，半个小时刚过了一分钟，他点开页面，将这个日期输了进去，回车，页面没有反应，但不像之前那样立刻显示错误，他的心提到了嗓子眼，像等待判决的罪犯，页面还是没有反应，但好像也没有死机。曾恺不敢动鼠标，也不敢敲任何键，眼睛一眨不眨地盯着，屏幕变成一片空白了，然后缓慢地显示出一行行字：HLA-A，HLA-B，HLA-C，他不敢相信自己的眼睛，他真的进去了吗？他是真的进去了！他狠狠地呼出一口气，整个人直挺挺地摔落在床上，深陷入床垫中。

曾恺迷迷糊糊睡了二十分钟，醒来，躺在床上，直勾勾看着天花板上的雕花。现在孟亦凡的HLA分型也有了，可该怎么利用呢。他最初的设想，是把这个分型表寄给在国内医院的朋友，让国内的医院给新西兰的医院发函，以孟亦凡要回国治疗为由调到他的配型档案，查个清楚。但现在他觉得还没这个必要。他还不想牵扯太多人和关系进来，那样太冒险了。如果他设想的办法对孟亦凡不奏效或者穿帮，孟亦凡会直接否定，根本不会去追查。如果孟亦凡要求曾恺提供进一步的证据，那就说明他上套了，那时再动用国内医院资源做些手脚也不迟。想到这，曾恺坐起来，转动几下僵硬的脖子，下地走到办公桌前，打印了一份孟亦凡的分型表。接着，他在骨髓库的网站上注册了一个新号，开启一个空白分型表，他只在姓名那一栏填上Xi Wen，然后把这张未完成的表格也打印了出来。他从文具盒里拿出钢尺、裁纸刀和双面胶，撸起袖子，调整坐姿，像是预备动一台手术似的认真和精细。曾恺从小就爱好手工，手也特别巧。这种对文件移花接木的活他以前干过几次，比如：把以前的收入证明改一下日期重新用，把推荐信换个人名什么的。“反正我也不拿去害人，只是图办事方便罢了。”他心安理得地用裁纸刀比着钢尺沿着文字框的内边界把文西的名字轻轻割下来，小心翼翼地粘在孟亦凡的名字上面，严丝合缝，服服帖帖。他把这张改造过的表格复印了一张，印出来的完全就是文西的HLA分型表了。

曾恺前前后后，左左右右地打量着自己的作品，看不出丝毫破绽，随即用文件夹把这张纸夹好，把桌上的各种碎片收集到一起，团了个团，扔进纸篓，把散在各个角落的文具收纳进盒，裁纸刀、钢尺、双面胶，好像是在梦里溜了一圈又回去各归各位继续睡觉。曾恺意识到自己的强迫症越发严重了。以前做金融模型的时候，总担心出错，所以每次都反复核对，反复核对，核对到要吐了，还要再看一遍。应该是职业病吧，凡事都要求做到极致，哪怕是最小的细节。他心满意足地看着整洁的桌面，重新回到电脑前，用自己的私人邮箱给孟亦凡发邮件。他打算写得简单明了，但始终拿捏不好语气，反复删除、重写，最后索性把整封邮件删除了。“何必这么婆婆妈妈的”，他不屑自己对孟亦凡这种投鼠忌器的态度。不，是憎恶，这不是他曾恺该有的态度。一气之下，他打通了孟亦凡的手机。

“我是曾恺，想跟你聊聊，关于文西……”

在不久前见过文西的那个酒店会议室，孟亦凡见到了曾恺。

两人不约而同地穿得很随意。曾恺简单地介绍了自己，寥寥数语，已经把他以往辉煌的投行经历和目前的身份地位清晰地传递给了对方。

“久仰曾总大名。”孟亦凡礼貌地回应，却并未介绍自己。

曾恺接着开始谈自己对西湾的印象和设想，建议孟亦凡向旅游和房地产开发的方向发展，当然也不失时机地重申了自己的收购计划。孟亦凡安静地听完，并未表态，只是依然礼貌地说：“我以为曾总是来跟我谈关于文西的事的。”

“啊，是，我是打算跟你说说文西。”曾恺有点尴尬，他第一次发现自己也有词穷的时候，竟不知从何说起。

“你们交往过吗？”孟亦凡问。

“额，是的。我们交往过四年。”曾恺并不想隐瞒，而且他认为这对接下来的谈话有利，“是文西跟你说的吗？”

“当然不是。是我猜的。”孟亦凡说着笑了一下，露出好看的酒窝。“四年，不短。”

“的确，互相都比较了解，但可能就因为太了解，所以就分开了。”曾恺苦笑道。

“现在你们既是朋友，又是合作伙伴，这可能倒是更好的相处之道。”

“或许吧。”曾恺附和道，他觉得差不多该转入正题了。“其实，孟总，西湾这个项目对文西来说非常重要，回国以后她非常的纠结。”

“哦？不是曾总给她施加了太多压力吧？”

“看孟总说的，我的压力是不会传导给她的。她的压力来源于她自己。你跟她读书时就认识了，应该了解她是个非常好强的人。”

“的确。”孟亦凡点点头。

“我记得她还是分析员的时候，就说过咬牙也要做到MD。今年是她关键的一年，可惜国内资本市场不给力，大半年了还没开张，西湾项目很可能是她今年唯一的指望了。”

“如果收购西湾不成，就不能升职？”

“她的竞争对手非常有背景，除非文西有杰出的业绩。而且现在EMC提拔MD越来越少，如果3年ED还提不上去，很有可能就一直做个资深ED了。”

孟亦凡没说话，过了好久说道：“如果她知道我们这个deal是为了让她promote（译文：升职），你觉得她会接受吗？”

“或许她永远都不会知道，或许她知道了，但那时她已经是MD了，难道她要求降职？辞职？”曾恺从椅子上站起来，到吧台拿了两瓶巴黎水，一瓶递给孟亦凡。

“以她的个性，并非不可能。”孟亦凡接过水，随手放在了一边。

“那就不让她知道呗。”曾恺拧开他的那瓶，喝了好几口。

“但我不想欺骗她，哪怕是善意的谎言。”孟亦凡说罢，低头陷入沉默。

“孟总，”曾恺又喝了几口巴黎水，“有件事情我想你也应该知道一下。”

孟亦凡抬起头看着他。

“文西，2003年曾经给一位华裔男子捐献过骨髓干细胞。”说着，曾恺从文件夹里拿出那张HLA分型表，放到孟亦凡面前的桌上。“你可以对照一下，她的HLA是不是跟你的100%相合？”

孟亦凡惊愕地看着这张表，惊愕地看着曾恺走出了会议室。

一个月后。

宁江银行上市庆典在香港的四季酒店宴会厅如期举行。在这个地方，文西参加过好几次上市庆典，大同小异的陈设，大同小异的流程，除了上市公司管理层不同，参加宴会的中介基本都是那几家：投行、律师事务所、会计师事务所、公关公司。所有来宾均身着华服，凌理查和文西坐在同一桌，文西穿了露背的黑色晚礼服，拿着红酒杯，不时有熟人过来寒暄。这样的场合在文西看来，更像是上市公司管理层自娱自乐的大party，中介的作用就是捧场。不过文西认为一个公司经过九九八十一难最终成功上市，管理层差不多也是脱了一层皮，绝对有资格在庆典上好好风光风光。

一番互相敬酒之后，宁江银行的董事长在台上慷慨激昂地讲话。凌理查摇晃着手里的红酒杯，低声在文西边耳语道，“董事长快退休了吧？”

“应该还有两三年。”文西说，“宁江这次上了市，他也算功德圆满了。”

“是啊，没想到今年的情况这么糟，竟然抓住个小窗口上去了。不容易啊！文西，你这次也功德圆满了。”凌理查说着用自己的酒杯轻轻碰了碰文西的。

“有点小运气，关键是团队给力。”文西回敬凌理查，两人都喝了一小口。

“还有一件喜事，你可能还不知道。”凌理查夹了一块烧鹅到自己的盘中。

“喜事？与我有关？”文西有点摸不着头脑。

“曾恺说新西兰的项目有眉目了，而且答应让我们做独家财务顾问，很快就可以开始财务尽职调查了。这可是你的大项目，而且是独家。”凌理查用筷子摆弄了一会儿，终于把那块烧鹅放进了嘴里。

“曾恺跟你说的？什么时候？我怎么不知道？”文西放下了酒杯。

“刚刚跟我打电话说的。等我们回北京你就得召集团队开会了。说老实话，文西，曾恺对你还真是不错啊。”凌理查一边嚼着，一边似笑非笑地说。

台上董事长讲话结束，掌声响起，音乐奏起，闪光灯亮起，酒杯端起，人们纷纷站起，个个脸上都洋溢着灿烂的笑容。

文西谢绝了同事们去兰桂坊喝酒跳舞的邀请，直接上楼回房间休息。她基本每次来香港都住在四季酒店，因为喜欢窗外的维多利亚湾夜景。看了看时间，估摸着孟亦凡已经睡了，但她实在忍不住要问问他西湾的事情，就发了条微信，问他到底是怎么想的。一直没有回音。她关上灯打算睡觉，但心里惦记着，手机的提示信号灯在黑暗中格外扎眼，只要灯一闪，她就翻身拿起来看看，这样折腾了几次，彻底没了睡意，索性坐起来，扭亮阅读灯，将旁边多余的枕头竖在床头，靠在上面看书。她喜欢四季的另一个原因就是枕头：看上去很高，枕上去柔软又有弹性，能让肩颈处在最合适的高度，得到很好的支撑。过了一会儿，她瞄见手机的灯又亮了，把书扣在胸前。凌晨两点多，孟亦凡给她回了信："曾恺来找过我，我觉得他为西湾设计的战略思路不错。我自己需要接受一些新的理念。"

"你真是这么打算的？"文西回了一条。

"是！"孟亦凡回答得斩钉截铁。

（十五）

时间列车飞快地行驶。三个月后，位于巴黎近郊枫丹白露小镇的法国米其林私立学院里，文西成了一名食品鉴赏专业的学生。

三个月前的一个周五，即将下班的她走进了凌理查的办公室。他说自己晚上答应了孩子们回去吃饭，“这段时间连续出差，家里人十分不满，我答应做完宁江，就多陪陪他们。”他站起来，拿起一本厚厚的名片夹。他喜欢自己定期整理名片，这一行人员变动太频繁，不少人一两个月就跳槽了。每次都是他先整理好，再交给秘书录入。

“我不会耽误你太多时间的。”文西说，“我是来辞职的。”

凌理查的手滑了一下，名片夹重重地摔在他的键盘上。“对不起。”他礼貌地为失手造成的噪音道歉，“你刚才说，你要辞职？”

“是，我要辞职。”

“哪家在挖你？给多少？”凌理查很平静，毕竟，投行人在几家机构里跳来跳去是再正常不过的事。

“没有哪家，我打算休息，再出去读个书。”文西轻轻摇摇头，笑着说。

“你裸辞啊？读书？都剑桥的硕士了还读什么书？你不会真要成为传说中的第三种人——女博士吧？”凌理查这下倒不淡定了，他觉得文西太冲动。“如果你是另有高就，那我绝不拦你。但你要裸辞，我建议你放弃这个念头。”

“我并不是一时冲动，理查。”

“你是因为许文迪要提MD的传闻？此前的确是她升职的呼声比较高，但宁江这次你做得漂亮，西湾的项目又即将kick off（译文：启动），管理委员会一定会重新考虑和权衡。你是老员工，对EMC的贡献有目共睹，就算今年不升，也是迟早的事嘛。文西，我希望你留下来。”

“理查，我感谢你。其实，在过去十年中，我曾有无数次辞职的冲动。有几次，这几个字已经冲到了嗓子眼，我生生咽了下去。但这次，我既然说了出来，就不打算再收回。”

凌理查从文西的眼神中明白自己再说什么都是无济于事了。在他的职业生涯中，经历过太多的员工辞职，他很有经验，知道文西这次是铁了心。“这样吧，你写一封邮件给我，抄送管理层成员。按照人力资源管理的辞职流程，应该还会有一位高管跟你谈话，在最后的谈话之前你还有时间考虑清楚。”

“谢谢老板！”文西少有地叫了凌理查一声老板，因为这有可能是她最后一次这么叫他了。

另一位跟文西谈话的是叶肖恩。上次被网上爆料之后，他大部分时间都在上海，但几乎每周都来北京出差。

“我相信我能留住你，文西。”和上次视频面试时的状态不同，那个热情洋溢的叶肖恩又回来了。“和我谈过话的辞职者，大部分都回心转意了。”

“哦？那你打算怎么留住我呢？”

“我直截了当地说，现在你走是最亏的时候。你想想，明年春节就发bonus（译文：奖金）了，而且你今年做了宁江的上市，bonus应该会比较可观。如果你不走，我答应明年你的base（译文：基本工资）涨15%，bonus也会按部门top performance（译文：优秀）给你。”叶肖恩一边说，一边用笔在纸上写下bonus，base，top几个词，然后在每个词下面画了两道线。

“这真是很诱人的条件哦。”

“或者你有什么别的要求，也可以告诉我。我愿意尽我所能留住你。”

“没有什么要求，我只是真的想走了。”

“走去哪里？去读EMBA还是博士？读书是种消费，

有钱赚的时候还是应该先赚钱。况且，你现在还没申请学校不是吗？从你开始准备材料、申请、被录取，至少还有一年的时间，这一年你都是没有收入的。”

“嗯。肖恩，你还记不记得你问过我一个问题，就在几个月前。”文西轻握双手，自然地放在大腿上。

“什么问题？提醒我一下。”

“关于25岁和两亿的问题。当时我说我要两亿。你暗示我，你可能会选择25岁。”

“嗯。”叶肖恩脸上挂着疑惑又略带尴尬的笑，等着文西的下文。

“回到25岁的机会，我此生估计不会有了。但只要愿意重新出发，何时都可以是25岁，不是吗？”

辞职后的第一个周一，清早，文西拎了一个大旅行包，回了父母家。爸妈刚从早市回来，正从红色的两轮小推车里，把采购的蔬果一袋袋掏出来。文西用钥匙开门的时候，两个人正在为找不到茄子而争执。“我明明买了两个圆茄子啊，到哪里去了？一定是你忘了拿。”文妈一边继续在那几个塑料袋里面翻找，一边埋怨。

“我不记得你买了茄子啊。”文爸也很不高兴，“最近你经常记错事情。”

他们俩抬头看见文西进来，吃了一惊。还没等二老发问，文西自己坦白：“我辞职了，回来陪你们住几天。”她说得轻描淡写，如同在说请了一天假，或者出差刚回来。

“啊？”爸妈瞬间把那两个茄子抛在了脑后，前前后后地问文西为什么要辞职。文西从鞋柜里拿出自己那双Kitty猫的粉红色拖鞋，换好后，帮他们把地上的菜一袋袋拿到厨房，有的放进冰箱，有的打开晾在后阳台，把红色小车折叠起来放回储物柜。之后，洗了手，拎起她的大包，一头扎进自己的房间收拾起来。

文西高一那年，全家搬进了这里。文爸用单位分的一居室和爷爷留下的一间小平房换了这套两居室。这是座一梯六户的老式塔楼，文家住在三层，一住就是二十年。文西在附近的新小区又买了房子，但他们都不愿意搬过去，嫌搬家麻烦，总是说住习惯了，老小区生活方便。文西的房间一直保留着她出国前的样子，写字台玻璃板下面压着她小时候的照片，床头的墙上挂着一个小娃娃，这是她小时候最喜欢的一个娃娃。前几年，父母找人重新简单装修了这房子，文妈把女儿的房间贴了粉色的壁纸，还安了个小水晶吊灯，再配上她亲自剪裁的小草莓被单。文西每次回来住就感觉回到了孩提时代。只要待在爸妈家，她就是个未成年的小女孩，爸妈也永远是四十多岁的模样。只要待在爸妈家，她虽然也会承担一些家务，但多数时间是在自己粉色的小屋里幻想白马王子——这是她最喜欢做的事情。经常是文妈在厨房大喊一声“吃饭啦”，公主才不得不开个小差，出来填饱肚子，然后抹抹嘴继续回去做她的白日梦。

回父母家住的前两天，她心思都在荣皓身上。荣皓的母亲已经离开北京回老家去了，他的调令也正式下发了。荣皓忙着各种工作的交接，不亦乐乎。文西辞职以后，两人说要吃顿饭庆祝。说是庆祝，但他们既没有选择富丽堂皇的餐厅，也没有携带香槟美酒，而是去了两人以前经常光顾的一家海鲜大排档。一斤活虾，蒜蓉开背蒸；一条海鱼，烤；两只海蟹，煮砂锅粥；这是他们每次来吃的老三样。菜上齐后，他们默默地吃，努力地吃，不停地吃，让美味填满自己的嘴巴，避免空下来又不说话的尴尬。

这家大排档是荣皓的一个老乡推荐的。文西记得他们第一次来吃的时候，还是好朋友的关系，边吃边手舞足蹈地聊着，骂着共同不喜欢的人，喝了不少冰啤酒。那时候感觉好轻松啊，文西真是怀念。虾壳蟹壳渐渐在两人之间堆成了小山，小山不断向两边扩展，形成了山脉，把餐桌分割成了两个领地。

“跟我去香港吗？”荣皓用湿纸巾认真地把手擦干净，喝了一口免费茶，对文西说。

文西没说话，她往常都会吃到最后，等荣皓声明“我不能再吃了！”之后，还能慢吞吞地把剩余的虾蟹一扫而光。但今天，她早就忘了饥饱，也不再仔细品味，只是机械地吃，好像只有撑得想吐的感觉才能缓解她内心的焦灼和郁闷。

他终于问她要不要跟他去香港了。她要去吗？文西不断地问自己。一个声音说：去吧，追随自己爱的人去吧，不要再错过。而另一个声音说：如果你去了，你就会迷失自我，丧失自由，陷入一个泥潭无法自拔，最后和他同归于尽。

“我想去法国。”她喃喃地说，不知道是说给自己，还是说给荣皓。

“去干吗？去多久？”荣皓问，他似乎已经预测到文西的答案。

“我想去游学一段时间，看课程设置和我的学习状况，暂定一两年吧。”

“之后呢？有什么打算？”

“我也不知道。一年过得很快，但总会有很多变化不是吗？”

“这倒也是。”荣皓把身体靠在椅背上，看上去比刚才矮了一截。

“你有什么打算？”文西问。

“我无非是工作。”他答道。

“会定期回来吧？女儿在这里呢。”文西又问。

“嗯，两周左右应该能回来一次。”他又答。

“所以，你们会复合吧，不管是为了孩子还是什么。”

“我说过，复合是不可能的。但因为孩子的状况，会发生一定的联系。这是你不能接受的是吗？可这些情况你从一开始就知道的不是吗？”

“荣皓，我必须承认我很纠结。我爱你，但不是这种状态下的你，糟糕的是我根本无力改变。”她有时宁愿他像曾恺那样决绝一点，要么不顾一切带她走，要么快刀斩乱麻地分手。

就这样分手吗？两个人心里问着同样的问题。一想到这两个字，文西的心就如用锥刺一样的生疼。五六年的相处，从朋友到知己，从知己到恋人，他们早已纠缠不清。文西甚至有幻觉，自己和荣皓是长在一起的。记得两个人刚成为男女朋友的时候，她问荣皓会不会跟她分手。“除非有一天你跟我分手。”荣皓说。“我不想跟你分手。”文西当时说。

“我不要跟你分手。”文西还是重复着心里的那句话。

“我不会跟你分手。”荣皓说。“或许我们的缘分还需要时间来考验，那就让一切顺其自然吧。”

文西躺在草莓被单上，闭着眼睛。屋里的灯开着，淡粉色的墙上到处是水晶灯映出的水滴型光斑，透过眼帘，她还是能隐约看到那些亮点。她在想自己的爱情，越来越不是最初想要的样子。她最初想要的爱情是什么样呢？是毕生所求的一见倾心，之后长相厮守，相濡以沫，从此王子和公主过着幸福的生活。而现实中，谁又能为谁停留？只能是沿着自己的道路往前走啊走啊，若是恰好同路，那就携手走上一程，不然就消失在各自的轨迹里。

这时文妈推门走了进来，手里拿了两套新做好的睡衣，让她试穿。文西记得小的时候，从里到外穿的都是妈妈做的，还经常在老师、同学面前显摆。现在，她内衣穿的是维多利亚秘密，外衣则是动辄上万块的套装。妈妈却连给她做件睡衣都自信不起来了，战战兢兢、精益求精，生怕做得不好被嫌弃，却仍然锲而不舍地做着。她睁开眼睛仔细看她的母亲，头发已经几乎全白，法令纹也深了很多，早已不是印象里那四十多岁的模样。她心中一阵悲凉：总是因为爱情温度的高高低低而悲悲喜喜，却突然发现自己原来一直活在亲情的保温箱里，前者只是生命中的奢侈品，而后者才是赖以生存的必需品。

（十六）

文西本以为吴淼和梅思思听到她辞职的消息后会产生巨大的反应。而实际上，她俩都很平静，而且相当支持。吴淼从冰岛回来以后，请了几天病假，说是发烧。文西给她打电话问候，吴淼的声音听上去还挺精神的，而且好像还很忙，没聊几句就挂了，只说要在文西走之前请她吃饭给她饯行。

梅思思这丫头跟那个Tony李竟然还藕断丝连了好一阵。骗局被拆穿以后，那家伙一把鼻涕一把泪地解释，又是写保证书承诺一年之内一定离婚，又是天天去公司楼下等她下班，给她买贵重的礼物。思思又被软化了。但信任这东西，一旦被破坏，取而代之的就是无休无止的怀疑和澄清。这样几个回合下来，好比一块鲜肉先被放进冷藏室速冻，又被放进微波炉解冻，反反复复几次，变成一坨软塌塌、灰突突、毫无生气的烂肉。当再度提及这段感情时，思思已经删除了手机里所有关于Tony李的印记，脑子里的也清除得七七八八了。

“我觉得吴淼有情况。”思思对文西说。

还有一个月就要离开北京了。周六，文西约吴淼和梅思思一起吃广东早茶。文西在街边找不到停车位，只好进地库寻找位置。梅思思打电话来，她还以为是催她上去点菜，一接通就说：“我在找地儿停车，你们先点吧。”

梅思思在电话那头急慌慌地说：“文西，出大事了！”

“怎么了？”

“吴淼，她，怀孕了！”

“啊？！怎么可能？”文西倒车差点撞上墙。

“是真的！我跟她说上厕所，跑出来特意给你打电话，让你有个思想准备。”

“孩子是谁的？”

“她不说，也让我别问。一会儿你审审她吧。”

“额，好吧。”

文西停定了车子，小跑上楼，在餐厅大堂里侧，看到了吴淼和梅思思。吴淼坐着，她果然圆润了不少，不再穿她的PRADA，而是一袭纯棉大T恤，黑色打底裤。

“你穿得够少的啊，冷不冷？”文西出现在吴淼身后。

“我这会儿挺热的。我带了条大披肩呢。”吴淼指了指搭在旁边椅背上的披肩。

“你……你……你，到底是什么情况？”文西语无伦次地问。

“我就知道思思沉不住气，刚才给你打电话说了吧。”吴淼傲娇地看了眼梅思思。

“到底怎么回事？你这简直太shocking了（译文：令人震惊）。”

“我觉得很正常啊。想不到你竟然这么保守。”吴淼说。

“不是我保守。你这也太突然了吧。”

“其实我早就有这个想法了，一直在保养身体，等待时机。”

“那这是……你去冰岛……搞出来的？你那算命的也太准了点吧，赶紧告诉我，我也去算算。孩子的爸爸是谁？中国人还是老外？他自己知道吗？”文西有太多的疑问了。

“哎呀，行了。能不问了嘛？我知道自己在做什么！这个孩子是我的，我会独立抚养他。我儿子会很漂亮的。”说着，吴淼满足地抚摸着自己尚不明显的孕肚。

“你都知道是儿子了吗？”梅思思问。

“没有，我猜的。我觉得是个儿子。”吴淼说。

“一个人抚养孩子会很辛苦的，吴淼。”文西说。

“我知道。但比起跟一个志不同道不合的人一起生养孩子，疲于处理各种家庭矛盾，我宁愿自己来。我有工作有收入，我想怎么养他我说了算，我想带他去哪谁也管不着。”

“你就这么悲观吗，你还有机会找到志同道合的人啊。”

“我试过，太难了。文西，或许是我太理想化。但我这个年龄，真的不想再等了。如果，我是说如果，以后我能碰到真正爱我的人，他也爱我的孩子。那样的缘分我会好好珍惜。”

“你父母知道了吗？”

“我还没有告诉他们。等瞒不住的时候，我会跟他们说的。相信他们会理解我。”

“好吧，既然你已经想好了，我们祝福你！我们可都是孩子的干妈啊。”三人举杯。

“我儿子会在满满的爱中成长，他一定棒棒哒！”

话题这才过渡到梅思思的感情问题上。“我打算换个地方住，以防那个渣男再来找我。”她的眼神恢复了往日的坚毅和不羁，玫瑰金色的大波浪依然美艳，空气刘海用发夹别了上去，更显知性，看得出她的肉身已经彻底摆脱了妖孽的纠缠。“我报了新东方的GMAT集训班，下个月先把GMAT考了，之后就开始申请MBA（译文：工商管理硕士）了。”

“哇。思思，你终于决定迈出这步啦。想好申请哪所学校了吗？”文西问。

“那要看我的GMAT成绩啊。我打算一共申请十所学校，到时候写申请essay（译文：文章）还要向二位姐姐请教啦。”

“没想到，咱们三个就要这样各奔前程了。”吴淼不无伤感地说。

“生命在于折腾嘛。说明我们还年轻，还能折腾。”文西笑着说。

“那你在法国好好待着啊，我赶明儿带着儿子找你玩儿去。”吴淼说。

（十七）

枫丹白露，这名字，不知道是徐志摩还是朱自清翻译过来的，这四个字，带给人无限遐想。

文西现在回想起来，在法国的那几个月真是人生中难得的惬意时光。住在枫丹白露宫对面的小巷里，房东安娜是位基本不会说英文的主妇，年龄在六十岁上下。二十年前，安娜夫妇在自己的院子中加建了文西租住的这座小阁楼，楼下是车库，楼上是一间独立的工作室。虽然还不到

20平方米，但五脏俱全，每一寸空间都被合理利用，角落里的那个开放式厨房，是文西最喜欢的设计——袖珍的操作台，打开台面，餐具、炊具摆得整整齐齐；两个灶眼，油烟机藏在上方的推拉门里，烤箱和微波炉藏在下面的推拉门里，三明治机放在烤箱上面的夹层里；冰箱不大，但足够一个人储存很多吃的喝的。楼下的车库空空荡荡，除了一台洗衣机，文西发现了一辆红色的自行车。她用英文问安娜这是谁的，能不能借给她。一通连说带比画之后，才搞清楚这辆车是以前住这的一个学生买的二手自行车，走的时候没处理掉，就留给后来的租客了。从此，文西每天骑着这辆自行车在枫丹白露的小镇中穿行。早上，一路向西骑十五分钟，到位于森林边缘的学校上课。下午骑回来的时候，她一般会停两次，先去位于镇中心的超市逛一圈，买些日用品和食物，再去离安娜家不远处的面包店买一根法棍。

文西的厨艺在安娜阁楼的袖珍厨房里得到了不小的提高。那些若干年前看过的菜谱，以及突发灵感产生的新鲜创意，终于有机会得以实践。开一瓶并不昂贵的红酒，倒半杯醒着，放一曲小野丽莎的“左岸香颂”，她不慌不忙地煮着鸡汤，切着牛肉或者猪小排，间歇喝两口红酒。就这样，没有课的日子，她可以窝在小阁楼里一整天。

是谁说法国的冬天没有北京冷的？这个冬天巴黎连续下了一周的雪，之后的一周气温竟低至零下20摄氏度。枫丹白露在巴黎的近郊，缺少大都市的喧嚣和人气，寒意更浓。春节快到了，学院的课程照旧，是啊，法国人又不过春节。文西思量着自己要怎么在这天寒地冻的异国他乡过年呢。

她决定要独立包一顿饺子，这可不太容易。这里没有饺子皮卖，做馅最好是用猪肉白菜，猪肉可以买到，白菜可是难题。枫丹白露超市的蔬菜部小得可怜，两个月来，文西吃过的绿叶菜只有生菜。虽然有长相各异，不同品种，不同产地的生菜，味道却是大同小异。但包饺子这个想法一旦产生，就萦绕在她脑海里挥之不去，好像如果不把这件事情做完，就没法跟什么人交代似的。于是她穿上最厚的白色长羽绒服，戴上帽子手套，套上皮靴，出门采购。

是谁说法国人不过春节的？一排大白菜，赫然出现在超市蔬菜部。这简直让她平生第一次有了中大彩的感觉。而且这白菜还是正宗的青口北京白，叶片大而紧实，没有黑斑病。“就算要10欧一棵，我也豁出去买了。”她恨不得把这一排全搬回去堆在阁楼的车库里，就像小时候家里冬天储存大白菜一样。

但她很快就庆幸自己只买了一棵。因为回到安娜家的时候，才发现自己出门时太粗心，竟把大门钥匙落在了屋里。阁楼的钥匙还有一把备用的，压在车库门口的地毯下面，但院门的钥匙只有一把。Clé，钥匙的法语是这么说吧，不知怎么突然就想起来了，可能这就叫作急中生智吧。电话那头的安娜正在巴黎的地铁里，她请旁边会说英语的路人跟文西说，就算现在往里昂火车站赶，最快也要两个多小时才能到家。

还是靠自己吧。文西目测院门，高度在两米五左右，并非翻不过去。安娜家的大门，横梁疏，纵梁密，不好下脚。一不做二不休，文西卸下臃肿的羽绒服，塞在栅栏的空隙中，脱去中跟高筒皮靴，摘掉手套，放在旁边干净的雪堆上。她原地伸展了几下，深吸一口气，屏住呼吸，上肢用力拽，下肢猛蹬，手脚并用，攀上了第一根横梁。歇了半分钟，她又铆足力气，爬到顶部，左腿迈过栅栏，骑在上面，右腿却怎么也迈不过来。她试了几次，感觉重心不稳，右脚无处生根，只好又回到“骑墙”的状态。最初发现没带钥匙时，先是出了一身冷汗，攀爬时又出了一身热汗，这会儿冷汗热汗都卷着身上的热气蒸发出去，文西开始浑身哆嗦，手脚冻得发胀，更使不上力。如果这样摔下去，会比在雪地里冻两个小时的后果还严重，文西盘算着，后悔自己的鲁莽。

此时正是下午四点多，天色已经渐暗。文西姿势没变，被困在大门栅栏的顶梁上。终于看到有人走过来，想招手，又怕撒手会失去平衡。

“喂，你坐在那里干什么？”一位法国老大爷，头顶礼帽，戴一副圆框眼镜，走过来笑眯眯地问，重点是，他竟然跟文西说的是英语，浓重的法语口音让他说出的英语贵气十足。得知原委后，老者伸出手来拉住文西冰冻的右手，她用力起身，将跨过横梁的左腿收回，怎么爬上去的又怎么爬了下来。

“终于下来了，太感谢了，先生。”文西狼狈地一边重新全副武装，一边道谢。老者原来也住在这条街上，跟安娜家就隔着两户。“去我那喝杯热茶等安娜回来吧。”这对冻僵的文西来说真是雪中送炭。

皮埃尔，六十五岁，法国高商金融学教授，在枫丹白露的房子是他母亲家。他摘下礼帽，圆而亮的光头，脱去大衣，身材略微发福但看上去很结实。这些和他笑眯眯的眼睛和厚厚的镜片构成了既具喜感又慈祥的法国老头形象。文西在皮埃尔家里喝了两大杯伯爵红茶，稍微暖和过来，但感到疲惫和乏力。

果然，当天晚上她就发起了高烧。她迷迷糊糊地翻着从国内带来的药，找出一些退烧的吃了，睡下。半夜醒来，发现汗水湿透了睡衣和被单，整个人虚弱至极。她晕头转向地起来烧水，大量地饮水，无力也无法思考，只知道自己还在烧着，因为一闭上眼睛就感觉天旋地转，脑子里一团乱麻。她好想趁着不清醒的状态打开手机，给荣皓发一个短信，但还是没有，昏倒在床上又睡了过去，好像死了一样。再次醒来时，冬日清晨的阳光从阁楼的顶窗透进来，照亮了整个屋子。她饥肠辘辘，裹着棉睡袍，挣扎着煮些白粥，强迫自己吃进去两碗，再吃药，再睡，再汗湿，再饮水。这样撑到第三天晚上，睡着睡着，混沌的脑子开始有了清醒的意识，睁开眼睛，杯子、书、衣服，目光所到之处，东西都扎扎实实，安安稳稳地在那儿不再飘来飘去的了，她知道这回算是挺过来了。

除夕这天，文西还有些小咳嗽，她如愿以偿地包了饺子，猪肉白菜馅的。她先包了两个煮了试吃，觉得味道不错，于是信心倍增，一下子包了一百多个，分成三份，自己留一份，给安娜和皮埃尔各送去一份。电脑里直播着春晚，董卿和朱军的声音一如既往地饱含深情。她想像着此刻的北京，鞭炮声应该先是此起彼伏，临近午夜时分就变得震耳欲聋，接着小区里充满着浓浓的硫黄味。而此时枫丹白露的夜晚，跟往日并无不同，寂静得连掉根针在地上都能听到。

中国的节气可能是世界通用的。春节一过，法国就出现了万物复苏的迹象，寒风不再凛冽，雪地开始融化，楼下洗衣机洗出的衣服也不像冰块那样硬邦邦的了。紧接着，情人节到了。枫丹白露镇主街上的花店推出了各种礼物套餐，五颜六色的马卡龙和形状各异的手工巧克力摆满了甜品店的橱窗，很少有路人能抵御这样甜蜜的诱惑。

该去趟巴黎了，文西想。上次去还是新年的时候，和几个朋友开车到协和广场跨年倒数。后来就一直下雪，再加上生病，已经一个多月没过去了。周六只有两班到巴黎的火车，第二班是下午一点钟开。她赶紧把周一要交的法语作业做完，简单吃了个帕尼尼当作早午饭，骑上自行车往火车站赶。从安娜家到枫丹白露Avon火车站路线很简单，只需拐到主路上，然后就一路向东。只可惜这笔直的路是个大上坡，文西费力地骑行，仿佛回到了每天顶风骑车过立交桥的中学时代。她一边咒骂着恼人的大风，一边感慨着人生中的某些重复。幸好这段路并不算长，骑了二十分钟就到了。当然，枫丹白露只是个小镇，肯定没有朝阳区大，有没有东城区大不好说。等她到了火车站，却怎么也找不到卖票的人，火车也没按时刻表上的时间出现。文西的法语还没达到可以问清楚状况的程度，但她看到月台上越来越多的乘客在焦急等待，估计是火车晚点。大概过了十几分钟，一辆铁皮火车“咣当咣当”驶进站台，停稳后，从车上跳下来一位穿着铁路制服的法国美女，看年纪应该不到三十岁，她喊着什么，像是宣布什么消息，然后手动打开乘客检票口，指挥人们排队进站上车。文西跟着队伍往前走，接近制服女孩时，用英文跟她说自己没买到票，女孩用生硬的英文回答：他们罢工了，你先上车吧。

这次去巴黎并没有什么特别的目的。文西从里昂火车站转乘地铁，从拉丁区出来，买了一杯外带咖啡，漫步在塞纳河边。她沿左岸走走停停，在街头艺术家摆的小摊面前驻足片刻，然后过桥去右岸走，经过罗浮宫，欣赏着一对对身材高挑的情侣路人。他们的五官像经过雕琢过的艺术品，棱角分明且立体。文西丝毫没有形单影只的感觉，在她心里，荣皓的影子一直跟随着他。她的一举一动仿佛都在跟荣皓做着交流。

“我想喝杯咖啡。”出地铁口的时候她说。

“电梯上去就有一家小咖啡馆，不过我更喜欢上次去的画廊对面那家，有绿色招牌的。”影子建议道。于是她去了画廊对面那家。

“你说我是喝espresso（译文：意式浓缩咖啡）呢还是拿铁呢？”她问。

“早上没吃什么东西，espresso太刺激了，还是喝拿铁吧。”影子说。于是她买了拿铁。

走到香榭丽舍大街的路易威登总店的时候，门口已经集聚了很多人。保安有礼貌地示意文西在后面排队等待。

“从来没见过要求客人在外面排队的LV店。”她说。

“因为这是香街的总店嘛。”影子说。于是她耐着性子等了一刻钟，终于被保安放了进去。

她很快地浏览了女生部的商品，转身向男生部走去。

“今年的情人节礼物买什么好呢？”她问。

“今年不要了吧，你辞了职读书没收入。再说去年是名片夹，前年是袖扣，大前年是领带，你快把LV的男生配饰买齐了。”影子说。

“说好的啊，一年一个嘛，要编上号哦。你的钱包该换了吧。”她问。

“还可以用啊。而且我不喜欢钱包上都是“驴”牌标志，看上去好浮夸。”影子说。

“这里有一款很低调的诶，只在里面有一个小logo。你现在这个虽然还能用，但不是我送的呀。”于是她买了那款黑色牛皮男士钱夹。

乘坐最后一班火车回到枫丹白露时，快晚上9点了，小镇已经进入了半睡眠状态。主路两边昏黄的路灯，让文西勉强能看到回家的路。幸好回去是顺风下坡，全程一共蹬了不到十下，路上没车，要不是途中发现一只蹦蹦跳跳地横穿马路的兔子，她甚至不用刹车。中午骑上来时的种种怨念，就这样被畅快淋漓地抵消了。

安娜屋里的灯还亮着，平时这个时候她早就睡了。文西把自行车停好，上楼打开门，黑暗中一股花香扑面而来。当她打开灯的那一瞬间，惊呆了，小屋被施了魔法般，每个角落都摆上了玫瑰，不同颜色的玫瑰：浅粉、橙黄、暗红、深紫。这些玫瑰枝叶粗壮，花苞饱满，繁盛地立在书桌上，衣柜边，墙角，甚至电视旁……

不一会，睡眼惺忪的安娜披着大衣敲阁楼的门，看样子是一直在等文西回来。她解释了半天，时不时蹦出几个英文单词，大概是说，文西不在的时候有人来送花，她就用备用钥匙开了门，说着递过一张卡片。信封上的法语看上去好眼熟，对了，就是主街那家花店的名字。卡片内页，一行隽秀的英文映入眼帘：Happy Valentine’s Day! Love from R.（译文：情人节快乐！爱你的荣。）

文西会心地笑了。我知道是谁送的，她对安娜说。

“这是你给我的惊喜吗”她问。

“说好的啊，一年一个嘛，要编上号哦。”影子说。于是她连夜把房间收拾得很干净，把所有的玫瑰重新摆放，上蹿下跳地从各个角度拍照，然后精挑细选了一张上传到自己的微博主页上。

（十八）

皮埃尔结束了一个月的假期，要回巴黎继续任教了。“和学生们在一起我感到活力十足。”他说：“我可不想退休”。

自从上次被皮埃尔解救之后，文西又去过他母亲家几次。枫丹白露每周日上午，在镇中心广场都有跳蚤市场。这是整个小镇最热闹的时候，与其说是跳蚤市场，不如说是菜市场更贴切，价格并不算便宜，但绝对新鲜。娇嫩欲滴的法国番茄、白芦笋、甘蓝，新鲜出炉的烤鸡，冒着热气的奶酪蛋糕，还有各类生鲜，极大地弥补了枫丹白露超市的供应不足。镇上居民几乎都会到这个市场采购，文西和皮埃尔也不例外。他俩的共同点是买得不多，以看热闹为主，大多数情况是会在烤鸡摊遇见。这家烤鸡是跳蚤市场最受欢迎的美食之一，每次限量供应50只，购买者络绎不绝，等待的队伍一直排到旁边的小巷。

如果遇见文西，皮埃尔就会多买一份，然后邀请她去他那一起吃。这位教了几十年金融学的老教授，对文西的经历很好奇。

“你对金融失去兴趣了？”皮埃尔一边吃薯条一边推了推他的圆镜框。

“我觉得自己不适合做这行。”文西撇撇嘴。

“那你觉得什么人适合做这行呢？”

“应该是逐利的人，对赚钱特别感兴趣的人吧。”

“哈哈……”皮埃尔笑出声，他浑厚的笑声特别有穿透力。“你告诉我谁不喜欢赚钱，赚很多钱？”

“我的意思是没有那么……那么喜欢钱啦。”文西苦着脸说。

“钱从来都不是坏东西。银行家们可以把赚来的钱用于有意义的事业，比如资助后辈，比如创业，让更多的人实现自己的梦想。”皮埃尔操着他那高贵的法式英语说。

“那你觉得这个行业的魅力在哪里，除了可以赚很多钱？”文西问。

“无限的可能性。没有一个行业比金融业更充满变数，更富有挑战。有时微小的变化却能产生巨大的影响，改变无数人的命运。”皮埃尔说，“试着跳出固有的思维模式去看待这个问题，相信你也能发掘出无限的潜能。”

文西没说话，喝了口红茶。她特别喜欢喝皮埃尔家的红茶，香滑甘甜却不腻。又仔细尝了一下，“你放了巧克力吗？”她问。

“半块黑巧克力，两勺脱脂牛奶，怎么样？”

“味道很奇特，怎么想到的呢？”

“我说了，无限可能嘛。”皮埃尔调皮地摸摸光头，做了个干杯的动作。

离开皮埃尔母亲家的时候，他写了一张便利贴给文西：“这是我的好朋友劳伦的邮箱和电话，他是一家并购基金的创始人，前不久让我推荐一位有新兴市场经验的亚洲学生给他当助理。我想到了你，如果你感兴趣，可以直接去找他聊聊。”

“可我在这里的课程还没结束呢。”文西接过便利贴，睁大眼睛看着皮埃尔说。

“这个机会可是很难得的哦。试试看。不行又如何？Who cares（译文：管他呢）！”皮埃尔笑眯眯地向她挥挥手。“Who cares”是他的口头禅。文西甚至想送他一件白色文化衫，胸前就写两个词“Who cares”。

上网一查，这个劳伦·马克西姆大有来头。欧星基金创始人，欧星基金管理资产规模超过100亿欧元，在欧洲排名前三，专注于跨境并购，曾参与投资过几个响当当的案例，比如波音并购韩国捷翼制造，LVMH并购澳大利亚红罗马酒庄等，文西在读书的时候就有所耳闻。带着崇敬和忐忑的心情，她按照皮埃尔给的电邮地址发送了请求拜访的邮件。第二天，她就收到了回复，劳伦请她到位于巴黎歌剧院附近自己的办公室见面。这让文西既兴奋又紧张，这种感觉她已经很久没有过了。

劳伦和皮埃尔年纪相仿，如果说皮埃尔是个风趣幽默的老顽童，他则更像风度翩翩的投资家，尽管他的衣着十分朴素，衬衫、西裤、皮鞋都是标准化的款式，没有任何抢眼的地方。

“我们已经取得了中国的QFII资格，今年会在北京或上海先设立代表处，我正积极物色在中国的业务合伙人。皮埃尔向我推荐了你。”他开门见山地说，“你到法国不久吧，怎么认识老皮的呢？”

文西原原本本地把在枫丹白露遇见皮埃尔的故事讲了一遍。

“哈哈，老皮这个家伙，天冷的时候一般都跑到新加坡度假去，今年心血来潮回了枫丹白露，正碰上你。”

“真的吗，那用中国话来说，就是缘分啦。”文西感觉没有刚进门的时候那么紧张了。

“嗯，一切都是最好的安排。老皮跟我说，你非常优秀。能让他觉得优秀的女孩子可不是很多啊，特别是做金融的。”

“哦，那要多谢皮教授，呵呵。我只是个辞职出走的普通白领罢了。”文西笑着说。

“听说你有十年的投行经验，都做过什么项目呢？”

劳伦问。

“主要是金融机构的IPO居多，并购做得不多。离职之前曾接触了一个跨境并购的案子，但并未完成。”文西想起了西湾。

“哦？能具体说说吗？”

文西把关于西湾的来龙去脉讲了一遍。“就是这样，酒庄主突然同意并购计划，而我当时已经决定辞职，所以也就没有继续关注和参与了。”

“嗯，这个案子跟当年收购澳大利亚红罗马酒庄的案子有点像，但更有趣。世界上能种植黑皮诺的酒庄非常少，除了法国的勃艮第和波尔多地区有几家，美国加州有一家，再有就是新西兰了。但我估计酒农和政府机关可能会设置障碍，当时我们在澳大利亚就碰到了。如果处理不好这些因素，就算买成了，投后管理也会困难重重。”

“听说过，有不少并购案交割以后基本不能真正运营，最后名存实亡，给投资者造成了不小的损失。其中不乏中国企业的项目。我这方面没有太多发言权，您是权威。我只是觉得真正成功的并购案例太少了。”

“你切中要害了。大多数的并购都是为了做项目而做的，这叫作啥来的？以前读MBA的时候好像学过一个名词。”

“您说的是Agency cost（译文：代理人成本）吗？”

文西接道。

“没错，还是年轻人脑子好。管理层出于政治上或私利上的考虑而促成的并购案，往往没什么好结果。”

“您的话值得深思。”

“文小姐，不如我给你出个题目如何？”劳伦放慢了语速。

“请说。”文西也听得格外认真。

“假如我们的基金要参与西湾这个项目，请你设计一个并购方案。我希望能看到一些不一样的东西，能利用欧洲、中国、新西兰三个地区的优势。你只管大胆去设计，如果需要我提供什么帮助，包括这个过程中产生的一切费用，尽管告诉我，我来承担。”

“这算是面试题目吗？”文西问。

“呵呵，你可以把它当成一个模拟项目演练，这么想可能比较有趣。”

“期限呢？”

“哦，倒也没有那么急啦。我相信你有丰富的项目执行经验，既然是模拟演练，这项目就由你来控制，时间表啊，推进节奏啊，你说了算。”

“好，一言为定。”文西决定接受这个挑战。

（十九）

劳伦说得一点不错，西湾的项目果然卡住了。

到法国这几个月，文西跟以前同事联系很少，倒也不是刻意要这么做，只是想借此机会把自己“清空”一段时间，更何况是在枫丹白露这个仙气十足的地方。拜皮埃尔所赐，巴黎之行领了个任务回来，她闲置了三个月的大脑的某片区域开始重新快速地运转起来。谁知她刚在网上搜索西湾两个字，好几条来自新西兰《先驱报》的新闻就跳了出来：

“中国买家恶意收购，当地酒农示威游行。”

“西湾陷入收购风波。”

“酒庄生态面临严重破坏，西湾传奇或将终结。”

……

天哪，这到底是怎么回事。文西吃了一惊，怎么成了恶意收购了。她十分担心孟亦凡的处境，因为他是从来不会主动向别人求助的。至于曾恺，这个自认为很牛的家伙，看来也遇到了自己的滑铁卢。文西想先不惊动这两个人，算好时差，接通了吴淼的视频。

“嗨，我说文同学，你可算出现了啊。”吴淼一脸的不满。

“嘿，你怎么样，孕期反应大吗？”

“还算不错，你看我的肚子已经大起来了。”吴淼挪动镜头给文西看了看自己的肚子。

“东西都准备好了吗？什么时候开始休假？”

“我打算一直上班到临产。我妈过来照顾我，一切都准备好了。”

“伯父伯母还好吗？”

“他们开始有些不能接受，但后来就想通了。迎接新生命对老人来说总是件开心的事情。”

“那就好。看你心情不错嘛。节前的bonus一定不少喽。”

“算了吧，甭提bonus了。去年市场那么不好，为数不多的几个deal勉强能维持员工工资就不错了，bonus少得可怜。”说到这个话题，吴淼有气无力，“发不出bonus，我老板也走了。”

“哦？黄律师辞职了？那你就是老大了啊，拜见吴总。”文西做了个作揖的姿势。

“唉，那有什么用。薪水没涨，烦心的事情倒很多。对了，头一件就是给你擦屁股。”吴淼做了个怒不可遏的夸张表情。

“跟我有啥关系？”

“那个新西兰的酒庄项目啊，你一声不响地辞职走人了，许文迪接手了这个项目。你也知道她那位大小姐，一贯坐享其成，这劳心劳力的活，她避之不及。但凌理查一时找不到合适的人干活。据说曾恺对文迪意见很大。”

“那又怎么扯到你们Compliance（译文：合规部）了？”文西心想，以文迪和曾恺两个人的个性，能合作得好才是怪事了。

“你没看新闻吗，财务尽调进行得差不多了，本来打算开始做法律尽调，这个当口儿酒庄的酒农和附近的居民强烈抗议这个收购计划，不仅罢工，还示威游行。”

“这么严重？我还以为是媒体炒作渲染的呢。”

“还是挺棘手的，牵扯到当地法律法规，还有EMC跟大麦金融之间的协议重订，所以我们部门也被牵了进去……文西，你回来吧，说实话我觉得许文迪根本搞不定。”

“我回去也不一定能搞定啊。”文西说，“而且，好马不吃回头草。”

此后的一周，文西去了劳伦的巴黎办公室两次，每次在那里的彭博终端前一坐就是一天，浏览报告与新闻，并将自己所需的数据下载。再接下来的一周，她几乎没离开过枫丹白露的阁楼。当她再度出现在劳伦面前的时候，交给他一沓厚厚的A4纸。

“这是我的分析报告以及项目建议书。”文西说。

“三周的时间，比我预计的时间快，很好。我会认真看的。”劳伦说。

“如果你认为我的建议可行，我想尽快去一趟西湾。”

第二天下午，文西接到劳伦的电话。“文西，我看完了你的建议书。你对欧洲、中国和新西兰宏观经济、货币政策以及汇率走势的分析我很认同。微观上对于西湾项目的优势、风险及估值分析得也比较到位。至于你提出的由我们基金杠杆收购西湾部分股权的建议，我有兴趣让你去试着谈一下。但在做最后决定之前，我需要详细地了解战略投资者大麦金融对标的物做出的规划以及未来我们基金能获得的收益蓝图。”

“了解，这么说我可以飞过去调研和谈判了？”

“是的，我的秘书会安排好你的出差事宜，祝你好运！”

在赶往巴黎戴高乐机场的路上，她给曾恺和孟亦凡同时发送了一条信息：“西湾明天见”。

（二十）

文西没想到曾恺和孟亦凡都来接机。她顺着狭长的到达大厅向出口处望去：这两人并排站着，孟亦凡略高略瘦，曾恺略成熟。两人的形象从模糊到清晰，孟亦凡双手插在裤兜里，曾恺则两手抱臂，哥俩看起来倒十分般配。

“两位帅哥亲自来接我，真是不好意思。”文西客套了一下。

“今天可不只是接你。”曾恺说。

“哦？我说呢，原来我是沾光的啊。谁有这么大面子？”

“你猜，这个人你也认识。”孟亦凡凑过来，故弄玄虚地说。

“谁啊？”文西这种好奇心极强的女生立刻不依不饶地追问起来。

“待会儿她出来你不就知道了？”孟亦凡忍不住笑，这表情倒像文西心中十几年前的他。

“文西，你这会儿来是看我们热闹的吗？”曾恺可没心思跟她开玩笑，“你把我害惨了知道吗。你的那个继任者什么许文迪，靠！快把我气死，搞得好像是我在给她打工。”

曾恺竟然都爆了粗口，可见是真被气着了。

“项目进行得不顺利吗？”文西问。

“你当真是把我俩害了。”曾恺说，“我现在想换掉EMC的财务顾问，可当初凌理查软硬兼施让我签了协议，其他投行因此对我们爱答不理的。我现在是里外不是人。由于酒农和当地居民的抗议，City council（译文：市政府）迟迟不批我们的项目申请。这边政府本来做事效率就低，这么耗着真急死人。”

“那你们在这待着干啥？”文西问。

“我们能干啥，打球呗。”曾恺没好气地说。

“曾总球技提升很快，已经能打到90杆了。”孟亦凡插话说。

“看来你俩处得不错嘛。”文西来回看着他俩，想调侃一下但还是忍住了。

三人闲聊了几句，曾恺看了看表，冲着孟亦凡说：“时间应该差不多了吧。我可没记住她长什么样子。”

“她和十几年前的样子差不多。”孟亦凡说着，接起了电话。

当这个人走到文西面前，两人盯着对方的脸，片刻，几乎同时喊出对方的名字：“贾宁！”这突如其来的重逢让二人不知所措，她们不知道是该握手，还是该拥抱，或者该行新西兰的碰鼻礼，索性把三个挨个进行了一遍。

“Jasmine这是第二次过来了，上次来的时候，我俩一见面顿时石化。”孟亦凡说：“世界真的好小”。文西想起以前读书的时候，她从不叫贾宁的英文名，因为觉得这个名字有点做作，跟贾宁本人不太相称，但孟亦凡很喜欢“Jasmine Jasmine”的叫。贾宁一直在会计师事务所的悉尼分部供职，去年升职为合伙人。作为西湾项目的签字合伙人，她这次是来给财务尽职调查报告把关的。

“难怪这两位亲自来接你呢，现在的男人啊，真势利。”文西斜着眼看着孟亦凡说。

“谁让你辞职的，你要回去继续做这个项目，他们八抬大轿过来抬你。”贾宁边说，自己忍不住哈哈笑，爽朗劲儿一如从前。

“嗨，你们啊，我这次来可是帮你们出主意的，不识好歹。”

文西和贾宁被安排住在西湾城堡的客房里。这个城堡是前任庄主的祖父仿照他们在法国的古堡的样子建造的。“怪不得，从外观到内部结构，都跟在枫丹白露见到的那些古堡挺相似。”文西一边参观，一边跟贾宁说。这座三层城堡共有大大小小二十个房间，一层主要是孟亦凡和各部门员工的办公室、会客室以及展示厅，二层和三层都是客房，地下一层是酒窖。曾经，法国庄主几代人都住在这个城堡里，热闹非凡。一层原本是个极大的客厅，甚至可以容纳上百人开舞会。孟亦凡接手酒庄后，每每进来这里，心头顿生凄凉之感，就把一层改造成了办公区。看着人来人往出出进进，以及墙上挂着的西湾系列葡萄酒的宣传画报，他的心情好多了。孟亦凡接手酒庄后，这个古堡好像还没有像现在这样热闹过，他竟然有点不太习惯了。

酒农和居民的抗议活动还在继续。晚餐后，文西、贾宁和孟亦凡，三个老同学在葡萄园里散步。这应该是西湾庄园一年中最美的时候。晚上八点钟，天还很亮，夕阳的余晖把整个庄园笼罩在微微发红的暖光里。葡萄藤上已经挂满了果实，紫黑色带着白霜，粒粒饱满且紧实多汁，葡萄藤被重重的果穗坠得深躬向大地。一些酒农的家门口立着“不要高尔夫球场”“不要房地产开发商”之类的牌子。“唉，洋人有时也是很难缠，这股劲儿上来了，怎么说都说不明白。”孟亦凡摇摇头，无可奈何地说。

“这到底是怎么回事，酒农和你的关系不是一直很好吗，怎么会有这么大的反弹？”文西问孟亦凡。

“这件事情也怪我处理得有些草率。在并购方案公布之前，我应该先找几个主要的酒农商量一下，取得他们的支持。曾恺的方案里面有将庄园的部分区域开发成高尔夫球场和度假屋的内容，酒农和一些附近的居民认为这会破坏西湾的生态，导致葡萄减产和质量下降。”孟亦凡说。

“那他们的担心到底有没有道理呢？”贾宁问。

“我们向专业的环保机构进行了咨询。目前用于维护高尔夫球场植被所用的技术与材料都比以前有了很大的改进，不会造成生态破坏的。况且，整个开发计划的实施很可能要在三年以后才会开始。收购初期，主业还是利用大麦集团在国内的电子渠道销售西湾的酒。”孟亦凡指着一排排整齐的葡萄藤说，“作为酒庄主，我比任何人都关心它的生态健康啊，我怎么会允许不负责任地随便开发呢？”

“是啊，这些酒农应该会明白吧，一定可以解释清楚的。”贾宁说。

“他们早晚会明白。但现在迫在眉睫的是，眼看榨季就到了，如果不能尽早解决问题，让他们安心回来工作，今年的收成肯定会大受影响啊。”

“那怎么办，要不赶紧招些临时工帮忙吧。我看这挂果又多又饱满，如果不能及时收获太可惜了。”贾宁一听赶紧给出主意。

“每年我们都会请一些临时工。这是酒庄榨季的惯例。抛开临时工的工作能力和质量不谈，光是雇佣成本其实是个大问题。我们一般是跟银行贷款来负担临时工的费用的，等到酒出窖卖出，资金回笼再还。银行每年会对酒庄的收益做评估，根据评估发放贷款。而今年这种情况，我担心银行方面会刁难我，不贷或者少贷。”孟亦凡满脸愁容。

“唉，没想到经营酒庄原来有这么多烦恼啊。”文西同情地看着孟亦凡，“我还以为酒庄主只管醉生梦死呢”。

“哪有那么浪漫，酒庄生意说到底是个传统的农业营生，靠天吃饭，靠人勤力。哪比得上你们做金融的？”孟亦凡走近一株葡萄藤，弯下腰用手掂了掂果穗，苦笑着看看文西。文西却从这表情中分明看出他对收获的那份渴望与欣喜。

“所以，得尽快给酒农们一个合理的解释，关键是合理的机制去刺激他们干活的热情。”贾宁托着腮，自言自语道。

“对的，在曾恺的收购方案中，应该纳入对酒农们的激励机制。”文西说，“我已经做了一个方案，明天一早我们讨论一下。”

“文西，我不是没有考虑过，但估计曾恺不会同意。他们要的是绝对控制权，这恐怕连他自己也做不了主。”孟亦凡提醒文西道。

“绝对控制权，是手段不是目的。他们要的是大赚一笔，既赚钱又赚国际影响。”文西说。

“你有什么高招？”贾宁问。

“我没有百分百的把握，但我觉得说服他不是没有可能。第六感吧，哈哈。”

“凭你对前男友的第六感吗？”孟亦凡转身朝她俩做了个鬼脸。三人继续向着夕阳的余晖里走去，人影逐渐融合在那微红的光里。

（二十一）

早上六点钟，西湾在一片雾气中醒来。孟亦凡和曾恺都有晨跑的习惯，但两人的线路不同。孟亦凡一般出门左转，顺着酒庄的主路，往湖的方向跑；曾恺总是出门右转，绕过一小片灌木丛，往山的方向跑。贾宁起得也很早，半年前她刚生下了第二个孩子。她醒来第一件事，是跟在悉尼的母亲视频，询问孩子的情况。文西每天七点半准时吃早餐看报纸，只有那滚烫的黑咖啡冒出的带着咖啡因的热气才能驱散她残存的起床气。

文西原以为自己算得上early bird（译文：早鸟），却发现其他几只早就各自投入战斗了：曾恺猫在自己屋里跟

国内的团队开电话会，看样子这个电话不会太久。因为如果他预测是个超过半小时的电话会，就会戴上袖珍蓝牙耳机，在西湾城堡外面绕着圈走。他把手机放在上衣口袋或是裤兜里，一路走，一路说，一场会下来绕个几十圈是常事。有些酒庄的工作人员远远看见他边走边指手画脚，口里振振有词，声音时大时小，对着空气嬉笑怒骂，还以为遇见了神经病；孟亦凡跟酿酒师去车间里试酒。车间里温度很低，几十只如炼钢高炉般巨大的不锈钢酒桶齐刷刷地排着队等待着检阅。为了保证车间内绝对卫生，两人先穿上防寒服，再套上消过毒的无菌罩衣，体态臃肿，行动迟缓，看上去就像探索宇宙的太空人。他们依次打开钢桶的开关，取出一点品尝，根据酸度、甜度和单宁决定是否在钢桶中注入惰性气体，是从上面打，还是从下面灌，注入多少；贾宁则躲在孟亦凡的办公室里看西湾的审计底稿。她身体里所有关于安静、细致、沉稳的细胞，仿佛只有在工作的时候才会释放出来。她随身带着一个比自己脸盘还大的计算器，不时噼里啪啦按上几下，面沉似水地在底稿上做些标注。文西笑她就像是旧时代的账房先生，只是把打算盘改成了敲计算器。贾宁对数字的敏感度让文西这个做过十年投行的都不由得心生敬佩。“以前上学的时候怎么没发现你原来是个数字天才呢？”文西问，“嘿嘿，也不知道是性格决定了职业呢，还是职业改变了性格。”贾宁说。

十点半左右，大家各自结束了手边的工作，聚到一层的休息室喝上午茶。忙了一上午，曾恺早已饥肠辘辘，血糖下降，头脑和四肢似乎开始不听使唤了。他赶紧抓了两块曲奇塞进嘴里，还没等嚼碎，就咽了下去，嘴角挂着一层饼干渣。看见文西进来，他用纸巾抹了抹嘴，喝了一口杯中的红茶。

“别卖关子啦，文大小姐。”曾恺说。

“你先多吃几块，我不想在你血糖低的时候跟你讨论问题。”文西说。曾恺心想，还是文西了解他，自己在饿的时候情绪的确非常容易失控。他的思绪忽地回到若干年前的某几个瞬间，他和文西为一些小事争吵不休，好像都是在即将吃饭的时候发生的。这走神只维持了半秒钟，曾恺回过神来，眼前还是文西，递给他一个蓝色的文件夹，然后朝会议室走去。

“各位，我这次来西湾之前，花了一些时间做了一份并购计划，就是你们手里拿到的这套材料。老实说，我正在考虑加入欧星基金。这份计划书，我认为无论是站在朋友的角度，还是站在欧星的角度，对解决眼下的问题或许能提供一些思路。”文西开门见山。

众人打开文西的文件，屋里暂时一片寂静，只听到一页页翻纸的声音。

“其实大家可以直接从第三部分的股权结构分析来看。”文西建议道，“直说吧，我认为西湾的股权结构应该分散一些，特别是应该分给酒农一定的股份，因为……”

“这有困难。”曾恺打断了她的话。“绝对控股是我们这次收购的前提。迄今为止，大麦集团在海外的所有项目都是百分百控股。这是公司的国际化战略，我也无权改变。”

“曾总，执行公司战略无可厚非。但请问，你们打算怎么解决资金问题？据我所知，大麦集团的现金流并不宽裕，你们近几年战略性地介入了很多新兴领域，都是烧钱的，缺少cash cow（译文：现金牛）板块。”文西说。

“主要是通过境外直接融资，现在境外的利率水平还不错，大麦在海外也有一些现金，国内方面也在跟外管局申请资金出海。”曾恺说。“当然，这个审批过程是漫长的，而且目前的外汇管制比较严格，能够出来的额度具有不确定性。

“理解。贵司是想用境外的其他资产做抵押，向银行融资，收购西湾之后，再把西湾的股权抵、质押出去，继续融资，然后继续收购。说白了，大麦很缺钱。”

“这样说也没什么错。”曾恺回应道。

“按照当地《公司法》对有限公司治理的规定，股东向同一公司股东以外的债权人抵、质押股权，必须经过其他股东半数以上同意，且须签署书面的股东会议决议。因此，贵司要尽可能拿到具有控制权的股份，否则就无法随心所欲地抵、质押股权了。”文西接着说，“但这样的做法，杠杆不断扩大，风险也不断积聚。酒庄的盈利能力你也看到了，这个行业的利润本就不怎么丰厚，不太可能马上成为大麦旗下的cash cow。除非你真的去做房地产和旅游开发，但那也意味着又要投入一大笔资金，而且有一定风险。”

“照你的意思，我就不该收购西湾是吗？”曾恺问。

“当然不是，西湾可以变成大麦旗下的cash cow。”文西说。

“How？”（译文：如何成为呢）

“上市。”

“文西，你是上帝派来搞笑的吗？上市？IPO吗？你去看看新西兰的股票市场，NZ Telecom（译文：新西兰电信）这样的蓝筹股，每天上下波动不超过两分钱，这样的市场你认为我能套多少现？”曾恺有些抑制不住了。

“曾总，少安毋躁。我说让你在新西兰上市了吗？”

曾恺不说话了。

“像西湾这样的资产，在A股市场上的可比公司，现在的估值大概有多少？”文西问。

“创业板公司估值高得离谱，市盈率200倍以上也不新鲜；中小板的可比公司市盈率约在150倍左右；主板的市盈率至少也有60倍。”曾恺说，“你的意思是？”

“在A股？！”两个人同时说出了这三个字。

“对，借壳。曾总，不用我提醒你，大麦集团在A股有几家上市公司，可以用来作为壳资源吧。”

“嗯……”曾恺长嘘了一口气。“你的意思是收购西湾部分资产注入A股的一个壳里，利用境内外估值差来套利。”

“是的，这样贵公司的资金压力就缓解多了，西湾的股权结构分散一些，酒农的积极性可以得到调动，新西兰政府的审批也会顺畅很多。最重要的是，”文西说，“能赚钱！”

孟亦凡和贾宁在一旁，起初听得一头雾水，插不进话。后来孟亦凡基本听明白了，“文西，那你代表的欧星基金也要参与收购吗？”

“是的，我们希望收购西湾小部分股权。作为欧洲知名的并购基金，欧星有能力做好西湾的投后管理，同时在董事会里可以起到平衡各股东利益的作用，在关键的时刻投出理智的一票。”

曾恺坐在一边，安静地听着。孟亦凡和文西就最终的股权比例问题继续讨论着，贾宁走到会议室后边的角落里低声讲着电话。午餐时间到了，厨师轻轻敲门，问大家是在会议室吃工作餐还是去餐厅用正餐，孟亦凡说还是去餐厅吧。众人便各自收拾东西，准备离开。曾恺第一个推门出去，他拉开半扇门，回头看了一眼文西说，“这个方案有创新性，我需要考虑一下，也要向管理层汇报。过几天给你答复吧。”

接下来的几天，曾恺都在无休无止地开电话会，甚至连吃饭都戴着耳机。虽然听不到具体内容，但文西知道他在与各方论证这个方案的可行性，进行测算，并上报给最高管理层。曾恺对工作的不遗余力和专注一向是文西所欣赏的，这让她觉得他还有那么一点点可爱。

转眼到了周末，孟亦凡建议大家周六早上去打高尔夫球，放松一下紧绷了一周的神经。文西和贾宁都说自己水平太过业余。四人决定分成两组，曾恺和文西一队，孟亦凡和贾宁一队，每队合打一球。

曾恺一记漂亮的开球，孟亦凡也不示弱，看来两人水平不相上下。

“你什么时候开始练球的？打得不错啊。”文西问。

“跟你分开以后吧。”曾恺瞄了瞄球，示意该文西了。

“这几天我看你都很忙，没去打搅你。有进展吗？”文西打了个小左曲球。

"嗯，打得还不错嘛。"曾恺说："我让团队做了测算，报告也递给了老板。他还是有一些concern(译文：顾虑)。他的性格是喜欢掌控全局那种。"

"那你呢？"文西问。

"我并没有他那么aggressive（译文：激进）。"曾恺用力挥杆，球沿着又高又远的抛物线冲上了果岭。

"好球！"孟亦凡和贾宁在一边喊。曾恺很高兴，朝孟亦凡喊："今天争取赢了你队。"他和文西朝果岭走去。

"这么看来，曾总认为我的方案还有的谈。"文西说。

"老实说，你的主意不错。"曾恺说："大麦有一个上市公司，可以用它的壳。其实我之前应该能想到的。"

"你说的是085828吧？"文西问。

"嗯，看来你把我们集团的底都摸清楚了啊。"曾恺笑着说。

"我提出这个方案给你，可是需要做很多功课的。别忘了，我做了十年卖方。"

"快钱谁都愿意挣，况且这个方案有助于扩大西湾品牌在国内的影响。我觉得有希望。但要老板最后拍板还需要一个trigger（译文：触发点）。"

"嗯。什么触发点呢？"

“这个不太好说。很多因素都有可能成为触发点，天时地利人和。”

“那需要等多久呢？”

“文总，你得相信我们大麦的效率啊。”曾恺笑着说，“对了，欧星基金不错，你这趟法国没白去。”

“很多事情或许冥冥之中真的有所注定吧，法国之行，的确终生难忘。”文西切了一杆，球朝洞口滑去，但有些走偏。

“那你还要回去继续你的游学课程吗？”曾恺问。

“课程方面是可以顺延的。我当然很想顺利毕业再开始欧星，但不知道劳伦能不能同意。”

“欧星要设立中国office吗？”曾恺把刚才文西切偏的那杆打回正轨。

“是的，据说QFII额度已经批下来了。”文西说。

“哦，那这个项目做成的话，你就是中国区的首代了吧。文首代，该您了。”曾恺把推杆递给文西。

“前路艰辛，还望曾总多关照。”文西推了一杆，球轻轻擦过洞口，但没进洞。“哎呀，可惜。留给你啦。”

“关照是必须的，我一向很关照你。”曾恺轻轻推球入洞。众人鼓掌。这时曾恺的电话响了，他一看号码，立刻面露严肃，走到一边去接听。

大约十分钟后，曾恺走了回来。边走边摘下球帽，将头发捋了捋，再重新戴上。“是老板吧？”文西问。

“是。”曾恺狡黠地笑了一下。

“有trigger了？”

“嗯。外管局暂停了所有通过QDII出海的投资基金。目前的情况下，要想继续收购西湾，你这个方案最为务实。”

“能不能帮我一个忙？”曾恺接着问。

“说来听听，有什么我能为你效劳的？”文西不知他又要出什么幺蛾子。

“在欧星中国给方媛安排个职位。虚职就行，薪水嘛，过得去就好。”

“你不是就想要个肤白貌美学历高的全职太太嘛？怎么给人家找上工作了？”文西没想到曾恺会让她帮这个忙。

“她在家这样子下去实在不行，我一直想给她找点事情做。好歹也是美国名校的毕业生，一般的工作她看不上，太累的又干不了。你也知道她老爸的身份敏感，如果去投行或者国企金融机构，麻烦肯定少不了。你们这样的基金代表处最适合。再说我也信得过你。”

“只要曾太太不嫌我们庙小。”文西心想曾恺真是够精的，“不过我也有个条件。”她说。

“啥条件？说！”曾恺问。

“大麦会利用西湾借壳上市做个定向增发吗？”文西问。

“应该会通过定增来融些资的。”曾恺说。

“给欧星中国的QFII基金留点额度呗。”文西伸出右手。

“呵呵，文总。”曾恺也伸出右手，没握，却紧捏住文西的五指，“我绝对会力荐！”曾恺说，“不过最近大麦和HB刚签署了全面合作协议，而且很快将在香港成立一只合资基金。增发时恐怕要优先考虑该基金的利益。”说着，试图去吻她的手指。

文西猛然抽回手，“大麦和HB？在香港？”她努力不做出惊愕的表情，“那基金由谁来管理？”

“大麦和HB会各派出一名高管做基金的总经理，coleader（译文：联合领导）的模式。大麦这边有可能我去兼个职。”

“HB那边呢？”文西迫不及待地问。

“可能是他们香港地区的老总，但还没最后定。”曾恺不明就里，边说边吸了下鼻子。“对了，你当初跟HB的IPO那么多年，应该有不少熟人吧。”

“哦，是啊，可能认识吧。”文西敷衍着，心想，但愿不是荣皓。

（二十二）

九个月后。

作为直接持有20%股份的欧星基金派驻西湾的董事，文西一年中有约一半的时间在西湾度过。她看到孟亦凡亲力亲为地打理酒庄的各项工作，也跟着学做起来。抹芽、打药、除草、采收，挑选葡萄、脱粒、清洗设备，这些活大部分还是要依靠人力进行，而且具有很强的时间性。有时候突然来了一场雨，所有人都得参加抢收葡萄，一个星期每天只能睡两三个小时。文西心说，种葡萄这活比在投行出报告还急。孟亦凡从葡萄园忙到酒窖，收获季节之后还要应付银行和客户，奔赴各地做营销，经常是前脚还在车间里开着叉车，后脚就得赶紧换上西装革履去参加酒会。孟亦凡持有西湾35%的股份，虽然不及大麦金融的40%的股份，但和酒农拥有5%的股份加在一起，基本控制着西湾的大局。

西湾品牌经过大麦集团的包装及营销，在国内得到了认可，销量已经连续三个月双位数增长。西湾项目的成功执行，开启了中国企业跨境并购的新模式，国内不少公司纷纷效仿。同时，该项目在新西兰国内也得到了极大的关注。当地媒体竞相报道，《新西兰日报》称之为“新西兰第一家实施股权激励的酒庄”和“近年来中新友好合作项目的成功案例”。曾恺、孟亦凡和文西已经开始讨论适时推出面向国人的酒庄精品游项目。大麦金融成功注入西湾资产并在A股借壳上市后，股价一路飙涨，曾恺也因此很快晋升至大麦金融总裁的位置。他又在为寻找下一个投资标的终日奔波。至于大麦与HB的合资基金，果然是由曾恺和荣皓代表母公司联合管理。文西从曾恺那得知这个消息后，不禁替荣皓捏一把汗。她认为现阶段自己唯一能做的，就是绝对不让曾恺知道她和荣皓之间的感情。或许自己离荣皓远一点，反而是对他最好的保护与支持。

最近孟亦凡经常感冒，人也瘦了不少。家庭医生来过好几次，每次都关着门跟他谈半天，也不知道都在讲些什么。文西为了让他更多地休息，承担了不少工作，孟亦凡好像也有意识让她去做，并不太多干预。又到了年终审计阶段，贾宁从悉尼飞过来，她特别安排了周五的飞机，正好可以在酒庄住两天。

周六一早，司机送孟亦凡去参加一个酒商女儿的婚礼。文西和贾宁也开车出去，两人想去皇后镇逛逛。

“孟亦凡看上去有点憔悴啊。”贾宁说。

“是啊，做并购和上个榨季赶一块儿了，确实很累。

感觉他一直缓不过来。”文西说。

“你在这里他倒是可以放心一些。其实有些酒庄主过得很滋润的，他干吗搞这么累呢。”

“他事事亲力亲为，有时候还去跟着剪葡萄呢。”

“真够操心了。你可得提醒他休息。万一他的病复发就糟了。”贾宁嘟囔着。

“他的病？什么意思？”文西正好开到一个岔路口等绿灯，听贾宁一说，忘了看前方已经变了灯。后面的车不耐烦地鸣笛，她才赶紧踩油门前进。

“你不知道？你真的不知道吗？”贾宁惊讶地看着她。

“到底是什么病？”文西靠边把车停下。

“他得过急性白血病啊，后来是找到了配型成功的骨髓干细胞才救过来的。曾恺没跟你说过吗？”

“从来没有啊！你们怎么会都知道，只有我被蒙在鼓里？！”

“我知道这件事是因为David。你还记得吗？我们当年的金融学助教。”

“当然了，你的偶像。你跟他还有联系？”

“是，他现在澳大利亚，后来我们联系上了。”贾宁翻找着手机里的照片，“我们也有近一年没联系了，这是上次我去看他时照的照片。”

“看上去还不错，他现在怎么样，身体都好了吗？”文西问。

“生命暂时无碍，但还在治疗。他没找到100%相合的骨髓干细胞，用脐带血干细胞治疗的，受了不少罪。”贾宁叹了口气，“幸好他年轻，身体底子还可以，熬过来了。这边医疗费不用个人承担，现在他写写书，做做研究，自己也做些小投资，倒也过得下去。”

“他认识孟亦凡吗？”文西想起刚才是从孟亦凡说到David的。

“是，孟亦凡做手术的时候，跟他在同一家医院。南岛最大的血液病中心，全国罹患急性白血病的患者几乎都在那里治疗。”

“原来如此啊。”

“因为都是奥大校友，有一次聊到了孟亦凡。他说孟真的很幸运，能在骨髓库找到100%相合的干细胞，这个概率是非常低的。”

“我真的是一点都不知道诶！”文西脸涨得通红，近乎捶胸顿足地说。

“我一直以为你知道呢。而且孟亦凡知道你捐骨髓的事情，还问过我呢。”贾宁说。

“他怎么会知道？我从没告诉过他啊。他是怎么问你的？”

“挺早以前了，对了，就是我跟他在西湾第一次见面。我从David那里听说了他生病的事，但不知道他在这里当庄主。那天见面还没聊几句，他就问我你是不是给人配过骨髓。我说是啊。然后他问我你是什么时候做的手术。”

“你怎么说的？”

“我知无不言啊，这有什么好隐瞒的。你是寒假回来以后做的嘛，7月中旬。我当时还笑他是不是担心自己跟你有血缘关系，没法追求你了呢。”

“那他怎么说？”

“他当时笑着说，他是六月中旬做的手术，之后把生日都改了，怎么可能跟你是异姓兄妹。”贾宁说。

“哦，所以他就成了双子座……”

孟亦凡回来了，可能是因为中午喝了些酒，脸上难得有些许红晕。他一见到文西和贾宁，就说中午的法式大餐没怎么吃饱，晚上特想打边炉。西湾城堡的东面，有一片小小的玫瑰园，他让厨师在玫瑰园里支个圆桌，摆上三个小火锅。三人围桌做好。

“咱是不是该喝点二锅头啊？”孟亦凡说。

“你这有吗？”贾宁起哄道。

“当然了，你要牛栏山的还是红星的，我都有。”孟亦凡起身要去拿。

“你不是中午刚喝了酒吗？别再喝了。”文西拦着他。

“就一点点吧，难得贾宁过来，下次咱仨聚起来还不知道是啥时候了呢。”孟亦凡轻轻拨开文西的手，“西湾的酒现在卖得太贵了，我自己都舍不得喝了，哈哈。”说着，回城堡去拿酒。

三人每人斟了满满一小杯白酒。“等等，”孟亦凡说着，弯腰从草地上捡起两枚玫瑰花瓣，用嘴吹了吹上面的浮土，扔进文西和贾宁的火锅里，然后举起酒杯，好像做了坏事却逃过老师责罚的学生一般得意。

“嘿，贾宁，你过来做CFO吧。”三人本来聊着白天孟亦凡去酒商家参加婚礼的见闻，他突然说。

“你现在不是有CFO吗？”贾宁边嚼边说。

“我觉得你更合适。你考虑考虑，你做我们的审计，这个职位的薪水你比我清楚，呵呵。”孟亦凡说。“文西现在已经能处理西湾的各种事务了，有你执掌财务大权，我就更放心了。”

“那你干吗去？”文西问。

“我，可以退休了啊，哈哈。”孟亦凡打趣道。他爽朗的笑声，丝毫没有增加欢乐的色彩，反倒使气氛变得有几分沉重。

"你别想又不辞而别，孟亦凡。"贾宁瞪着他，严肃地说，"你离交代后事还早着呢，别想都扔给我们。"

文西一言不发，眼泪在眼眶里打转。她低头吃自己的东西，既不想看到贾宁严峻的眼神，也不想看到孟亦凡插科打诨的表情。终于，她忍不住了，朝古堡跑去，一进洗手间就啜泣起来。她突然意识到，这竟然是她第一次为孟亦凡流下眼泪。

三个人吃吃喝喝到天黑。贾宁说她答应了大女儿每晚睡觉前视频，先回房间了。孟亦凡和文西坐在玫瑰园里，他们还是开了一瓶西湾新出窖的上一年的酒，两人都有点微醉。

"孟一楠，有个问题我一直想问你。"文西说。单独相处时，她还是习惯叫他以前的名字。

"什么问题啊？"

"当初你为什么突然就同意曾恺收购西湾？曾恺到底跟你说了什么？你又是怎么知道我捐献骨髓的事的？"

"你这可是三个问题哦。"

"你今天必须好好回答我。"文西借着酒劲，非要讨个说法。

"现在这样不是挺好吗？"孟亦凡也借着酒劲，突然按住文西的双肩，把脸凑近文西的脸。他的鼻尖几乎要碰到文西的鼻尖，他从未如此大胆直接地凝视过文西的双眼，“西湾需要像你、贾宁和曾恺这样的人。我相信我父母也希望看到酒庄由适合的人管理和经营下去。至于曾恺和我说了什么，嘿嘿，这就是男人之间的秘密喽。”说着说着，他不好意思地扑哧笑了出来，松开了文西。

（二十三）

又到了收获的季节。今年西湾雨水很大，文西和酿酒师分头去协调酒农和临时工抢收葡萄的事，回到住处已经凌晨三点多了。她顾不上洗澡，倒头便睡。

第二天是西湾一年一度的葡萄开榨仪式。文西主管西湾以来，在这个仪式的最后加了一个环节，就是参加仪式的所有人赤脚踩葡萄。孟亦凡曾经跟她说，最原始的酿酒方式就是用脚踩，这样酿出的酒醇香细腻。文西就问，那为啥现在不踩了？孟亦凡说，现在这么多葡萄，怎么踩得过来啊。于是就有了开榨仪式上的这个狂欢内容。

文西换上一袭白裙，裙子的下摆不长，刚刚过膝，有很多褶皱，转起圈来，裙摆就像盛开的百合。这条裙子她只在开榨仪式上穿。她把头发散开披在胸前，才发现长度已及腰部。走出房间，周围静悄悄的，她赤着脚，两手拎着裙角，继续往前走。

仪式都是在古堡举行的，一般是大家先在室内聚集，品尝鲜果美酒，庄主剪短地介绍几句，众人再转战到玫瑰园踩葡萄。文西走进古堡，室内都布置好了：精致的甜点、西湾的酒，还有香槟，就是没有人。文西觉得好奇怪，她又走去玫瑰园。发现所有人都在那里说笑着，喝着酒，玫瑰园当中摆着直径三米多的圆形木托，上面堆满了葡萄。

文西说：“你们怎么都在这里啊，仪式开始了怎么不叫我呢？”

一个酒农说：“有人在等你啊，你怎么还在这里呢？”

“谁啊？”文西问。

“你快跑啊，再不去，他就走了。”酒农说着，从木托上抱了一满怀的葡萄，撒在地上，“你快踩，快踩啊，脚沾上葡萄汁就能跑得特别快。”

文西用力地踩，葡萄汁染红了她的双脚，溅在她的白色裙摆上。她开始向外奔跑，使劲地跑，跑得飞快，道路两边的风“嗖嗖”地响，所有头发都被吹向脑后。

是谁在等我呢？文西心想，难道是荣皓哥哥吗？他去香港，她去法国之前，两人做过约定，两年不联系，除非有一方先结婚，就通知另一方。离两年之约还差三个月，这一年零九个月，她没有一天不在想他，对他们的未来做过无数种设想，但现实有哪一次会跟设想的结局相同呢。

她还在跑，丝毫感觉不到累，看来葡萄汁真的是有魔力的，她的脚像是被施了魔法。她越跑越快，脚几乎离开地面，哦，天哪，是真的离开了地面。一阵风把她卷了起来，她竟然可以停留在空中，试着像小鸟那样振臂，轻轻松松地就飞了起来。

文西从小到大无数次梦见自己飞起来。梦得次数太多，以至于她几乎相信自己是具有飞行能力的。她继续飞，飞到迪卡普湖边，鲁冰花正在盛开，还有薰衣草，把草地点缀得五彩斑斓。湖边，阳光下，荣皓站在那里，微笑地看着她。他穿着浅绿色的冲锋衣，背着双肩背包，可能是经过几天的长途跋涉，两腮和下巴上的胡茬都冒了出来，但还是那么神采奕奕。文西落在柔软的草地上，草很长，她把裙摆攒成一团，一只手攥着，另一只手向荣皓挥着，迈步朝他跑去。

“你是怎么过来的？”文西大声问，荣皓好像没有听见，只顾朝她奔来。

“你是休假吗，还回香港吗？”她又问。

“我不回去了，我陪你在这里。”荣皓大声回答。

“真的吗？”文西终于抓到他的冲锋衣袖子了，她伸手想去搂他的脖子。

文西猛醒，心脏咚咚跳得厉害，她睁开眼，一片漆黑。她的脑子一片空白，不知道自己身在何处。她的思绪掠过北京的高楼大厦，掠过伦敦的公园街道，掠过纽约的不夜霓虹，掠过巴黎的教堂高塔，最终定格在雪山湖泊旁的一座古堡里。

哦，西湾。

她深吸一口气，侧身够到自己的手机。凌晨五点，离她设的闹钟还有一个小时。

后 记

《西湾》的面世是2016年的意外收获。我的写作情结自小学参加征文竞赛开始，初中上课时偷着写童话故事，高中时想要出一本散文集，后来学了理科，上了大学，出了国，又回国工作，谈上了恋爱……在人生的每一个阶段，都有写作的冲动。遗憾的是，之前那些作品都没能落地。去年5月初，我重返故地奥克兰度假，又萌生了写一本小说的想法，却不知如何下笔。可能是在潜意识里一直酝酿着吧。6月中旬，我赴港、沪、杭三地路演，虽行色匆匆、身心疲惫，却突然有了灵感，故事的脉络也开始清晰，于是回京后即刻动笔，10月初完成了第一稿。

《西湾》初稿快完成的时候，我想学别人在扉页上用一句诗“点睛”，可惜“书到用时方恨少”，当时实在想不出有什么经典名句能表达。那夜，不经意间我翻到波斯诗人鲁米的诗句“你正在寻找的东西也在寻找你”，心弦一下被触动了。我们这代人，一出生仿佛就带着某种“设定”：十几岁保送，二十几岁出国，三十岁从事何种职业，四十岁做到什么位置，找个什么样的人结婚，买个什么样的房子……这些仿佛是我们所追寻的，但实际的人生轨迹往往大相径庭，因为我们的内心并不是真的追寻那些。比如书中的文西，她在事业上放弃了升迁，选择“裸辞”去法国读书；在感情上不接受孟一楠，放弃了曾恺，却和荣皓“不明不白”地纠缠不休，这些都不符合传统或主流的价值观，但可能是她内心想要追寻的东西。写到这里，我突然想起2008年在新加坡时和友人看过的一部电影，《Vicky. Christina. Barcelona》(中文译成：《午夜巴塞罗那》)中的女主角“不知道自己想要什么，只知道自己不想要什么”。（除了这句话，还有新加坡电影院的空调永远地“冻”在了我的记忆里。）我们有多少人其实并不了解自己，更不知道自己真正想要什么，追寻自我的过程往往伴随着不断的“试错”。

当然，文西是比较幸运的，至少从小说收尾这个时点来看。

《西湾》二稿完成的时候，我邀请了十余位朋友试读，还给他们出了好几道题目。这些试读者的反馈给了我出版此书的信心。有意思的是，大多数反馈者表示最喜欢孟一楠这个人物，因为他阳光、帅气、纯净、善良，当然还因为他令人唏嘘的身世。这点是我没有想到的，因为孟一楠是一个完全虚构出来的形象，原本我还担心会有些脱离现实。由此看来，人们觉得美好的往往是不存在的幻影。

《西湾》即将出版的时候，正值2017新年伊始。北京接二连三地被雾霾侵袭。我闭上眼睛，冥想着西湾庄园的景色，心旷神怡，心驰神往，竟然觉得空气也清新了。这本小说若是有空气净化器的功能就太好了。

《西湾》即将出版的时候，我的心里充满感恩。感谢所有给予这本书关心和支持的人，感谢所有鼓励我坚持写下去的人，感谢在我写作过程中带给我灵感的人，感谢经济日报出版社的领导和同仁，特别感谢我的父母。我希望，每个人都能找到自己的“西湾”。

西米

2017年元旦于北京